Partisanen

Ein Roman aus dem
Zweiten Weltkrieg

Richard G. Hole

Partisanen

Ein Roman aus dem Zweiten Weltkrieg

1

Richard G. Hole

Zweiter Weltkrieg

ZUSAMMENFASSUNG

An diesem Morgen gaben die Zeitungen in Sofia offiziell bekannt, dass Bulgarien den Dreierpakt unterzeichnet habe. König Boris unterstützte, wie Ungarn und Rumänien, die Truppen der Anchluss, des faschistischen Reiches und des japanischen Reiches.

Die Presse sprach auch von dem zwanzig Tage zuvor zwischen dem deutschen Marschall von List und den Generälen der bulgarischen Armee geschlossenen Geheimabkommen, das Hitlers Truppen bei ihren Feldzügen gegen Jugoslawien und Griechenland freien Durchgang durch die Balkangebiete gewährte.

Sechshundertachtzigtausend deutsche Soldaten werden Bulgarien durchqueren ...

Partisanen ist eine Geschichte aus der Sammlung des Zweiten Weltkriegs, einer Reihe von Kriegsromanen, die im Zweiten Weltkrieg entwickelt wurden.

RICHARD G. HOLE

PARTISANTEN

VORWORT

Der Morgen war herrlich. Kein Windstoß, keine einzige Wolke ... über der Stadt Sofia. Die bulgarische Hauptstadt war in den letzten Jahren trotz politischer Ereignisse stark modernisiert worden, nun nahm es jedoch eine ernstere Wendung.

Von einer Seite der Stadt zur anderen, in jedem Mund, in jeder Geste wurde das schreckliche Gespenst, der Krieg, symbolisiert.

Mütter, die ihre Kleinen streichelten, fragten sich innerlich: Wird ihn der Krieg töten? Die Arbeiter murmelten resigniert, als sie ein Haus bauten und ihre Arbeit mit Bewunderung beobachteten: Solange der Krieg es nicht zerstört. Schließlich sagten die Schulkinder mit der Begeisterung der Unwissenheit: "Wenn der Krieg kommt und wir Soldaten sind."

Niemand wollte Krieg, aber jeder akzeptierte ihn als unvermeidlich.

Und an diesem Morgen schien auf einem großen Platz vor König Boris und mehreren Vertretern Hitlers und Mussolinis die Sonne Tausende von Helmen, die regungslos auf einen Befehl warteten.

Die bulgarische Armee war bereit für die große Parade. Auf Balkonen und Tribünen hingen große Banner mit weißen, grünen und roten Streifen. Ebenso wurden als Zeichen der Freundschaft Hakenkreuzkreuze, Hakenkreuze und faschistische Symbole mit diesen vermischt.

Trompeten und Signalhörner erklangen. Die Kavallerie, die die Parade anführte, zog weiter. Temperamentvolle Rosse vermischten den Klang ihrer rhythmischen Hufe, während die Trommeln schlugen.

Als nächstes begannen die Infanterie, die Stachelstiefel, der metallische Klang dieser Männer, der kräftige Schritt, die Köpfe der Menge mit düsteren Gedanken zu füllen.

1

Julian Nosdrev hielt eine Flasche "Mastika"-Likör in der Hand. Er war ein großer und kräftiger Junge mit üppigem schwarzem Haar, sehr weißen und feinen Gesichtszügen, einem boshaften Gesichtsausdruck und einem kleinen Bart, der sein böhmisches Aussehen vervollständigte. Er starrte seine Klassenkameraden an, allesamt College-Studenten wie er.

Julián entkorkte die Flasche und schenkte jedem ein Glas ein.

"Wer hat noch Zweifel, was zu tun ist? Sollen wir Hitlers Spielzeug sein? Lassen wir uns von den deutschen Ausbildern sagen, was wir tun sollen? Wir waren ein freies Volk und haben in Frieden gelebt. Jetzt wollen wir uns verbünden." uns mit diesem Wahnsinnigen mit dem Bürstenschnurrbart, der sein Land und diejenigen, die ihm folgen wollen, in die totale Zerstörung führen wird.Du kannst nicht die ganze Welt bedrohen!

"Aber wir dürfen nicht übersehen, dass die Leute den Nazis zugeneigt sind", argumentierte einer der Studenten.

Julian lachte.

"Das Dorf? Die Leute sagen nichts, die Leute schweigen und bleiben besonnen. Sie werden ohne Protest in den Krieg ziehen, sie werden ohne Protest sterben und sie werden die Verbündeten das Land besetzen lassen, das mit Ruinen übersät ist.

Und was können wir tun? Unsere Bemühungen würden sich als vergeblich erweisen.

Nutzlos? Es gibt Tausende von Studenten, Hunderte von Influencern und Anti-Nazis, die unsere Pläne unterstützen würden. Glücklicherweise ist unser Land mit Bergen bedeckt, und dies wird unsere Guerilla-Aktion erleichtern.

„Und denkst du, wir können einen Krieg vermeiden?

"Vielleicht. Dafür gibt es zwei Möglichkeiten. Erstens, dass unsere Rebellion im Volk eine Atmosphäre der Unzufriedenheit gegenüber den

Herrschern hervorruft und dass wir, indem wir daraus eine Volksrevolte machen, die Absetzung des Königs und die Aufhebung des Verträge mit Hitler Die zweite, ein defätistisches Klima in den Reihen der Armee zu säen ...

"Inwiefern?

„Werben Sie Freiwillige an und stacheln Sie dann unsere Kollegen zum Desertieren an.

„Und das könntest du sehr gut, oder, Julian? Das liegt in der Familie ...

Derjenige, der so gesprochen hatte, sah den jungen Mann mit herausfordernden und feindseligen Augen an. Es war Routschouck, ein stämmiger Mann Valaks, der es zweifellos nicht ertragen konnte, Julian Nosdrev, den Sohn eines Feiglings, an der Spitze der Gruppe zu haben.

Julian biss die Kiefer zusammen und stand auf. Sie befanden sich in der Sektion einer Taverne, in der sie bei anderen Gelegenheiten lange Karten gespielt hatten und die nun häufiger Schauplatz ihrer politischen Treffen war.

„Das hättest du nicht sagen sollen!

Der junge Mann zerbrach die Flasche an der Tischkante in zwei Teile. Dann führte er es als Behelfswaffe und versuchte, seinem Rivalen näher zu kommen.

„Du wirst deine Worte schlucken.

Routschouck wurde blass.

„Jeder weiß, dass es wahr ist! Dein Vater war ein Feigling!

Die Gefährten vermieden dieses Treffen, das blutig gewesen wäre.

Nicolás Vidin, Juliáns bester Freund, intervenierte:

„Wir stimmen dir alle zu. Krieg muss mit allen Mitteln vermieden werden. Routschouck ist kindisch vorgegangen. Berücksichtigen Sie ihre Worte nicht. Wir sind an Ihrer Seite.

Julian schüttelte dem jungen Mann die Hand.

"Danke, Nicolás! Bereiten Sie alles für morgen vor, gemäß den erhaltenen Anweisungen ...

"Zustimmen!

Als sie sich trennten, wanderte Julián auf dem Weg zum Hostel durch lange, dunkle Gassen und fragte sich, ob er seiner Freundin von all dem etwas erzählen musste.

Sie hatte ein Recht darauf, es zu wissen!

Aber nein ... Er hatte geschworen, den Plan niemandem zu verraten. Nicht einmal die Person, die er auf der Welt am meisten liebte.

Das Leben und die Freiheit anderer ... Menschen hingen von diesem Geheimnis ab.

* * *

Julian sah häufig auf seine Uhr. Er war sehr nervös und bemühte sich nicht, es zu verbergen. Die Terrasse des Cafés war komplett von Menschen verseucht. Julian hatte sich einen etwas dezenten Tisch in der Ecke ausgesucht, und sein Gin-Glas war schon leer. Ungeduldig wiederholte er den Drink.

Lisa war zu spät!

In der Mitte der Terrasse sang eine Zigeunerin mit Hilfe einer Ziehharmonika patriotische Lieder. Es waren alte Hymnen, Kriegermärsche aus anderen Zeiten, Erinnerungen an das alte Bulgarien.

In der Nähe des Sängers plauderten einige blonde Männer und lachten laut. Sie gehörten zum Personal der Botschaft des III. Reiches. Alle trugen, obwohl sie Hüte und Zivilkleidung trugen, eine kleine rote Schärpe mit dem Hakenkreuz an den Armen.

Sie hatten eine Flasche "slivovitza" geleert und luden die Zigeunerin ein, sie mit dem Akkordeon zu begleiten, und begannen mit dicker Stimme das "Nach Paris".

Endlich, inmitten der Passantenflut, sah er etwas, das seine Nerven beruhigte, und ein Lächeln erschien auf seinem Gesicht.

Das Bild eines großen und eleganten Mädchens erschien vor den männlichen Augen, und durch die grausame Ironie des Schicksals erschien es schöner und begehrenswerter denn je.

Die junge Frau sah sofort ihren Freund und ging mit einem entschlossenen Schritt zu ihrem Tisch. Als er an den halb betrunkenen Deutschen vorbeikam, hörte er beiläufig Pfeifen und bewunderndes Gelächter.

Seltsame Leute des Nordens! Sie freuten sich über nichts und, was noch schlimmer war, sie fühlten sich diesen Osteuropäern überlegen.

„Wie geht es dir, Juliane?

"Nicht sehr gut.

"Besetzung?

„Dort, auf diesem Tisch hast du die Probe ... Sind sie nett zu dir?

„Gleichgültig. Und du?

"Ich hasse sie.

Julian sah sich um. Es fühlte sich unangenehm an. Am Tag zuvor hatten zwei Studenten versucht, die Nazi-Botschaft mit selbstgebauten Bomben zu sabotieren. Einer von ihnen war von den Gendarmen erschossen worden. Der andere, angeklagt, ein Anarchist zu sein, würde vor ein Kriegsgericht gestellt.

Der junge Mann deutete auf seine Freundin.

„Lass uns von hier aus gehen.

„Warum? Was passiert mit dir?

"Ich fühle mich nicht wohl...

Julian warf einen letzten Blick auf die "Nazi"-Touristen. Was hat Bulgarien ihnen zu verdanken? Wäre die Hauptstadt nur ein weiteres Spielzeug der Wehrmacht? Hitler versorgte sie mit hochmodernen "Mausern", Krupp-Batterien, "Panzer"-Panzern ...

Das Wichtigste war, einen weiteren Axis-Satelliten zu haben.

Sie waren vom Stadtzentrum weggezogen.

Sie gingen langsam, dachten nach, sprachen kaum miteinander. Julian verzog weiterhin die Miene der Miene und versuchte, seine Nerven unter Kontrolle zu halten.

"Was passiert mit dir?

"Ich bin sehr besorgt.

"Warum?

"Meine Liebe ... Es wird für uns bequem sein, uns für eine Weile zu trennen ...

„Was sagst du? Trennen Sie uns?

Julian seufzte.

"Ja.

"Warum?

„Ich kann es dir jetzt nicht erklären.

Lisa starrte den Mann an, den sie liebte.

„Sag mir ... Heißt das, dass du mich nicht mehr liebst?

Etwas in dem jungen Mann versicherte ihm, dass es eine großartige Gelegenheit war, den Dingen einen glänzenden Abschluss zu geben. Sie würden sich ohne Tränen verabschieden und sie würde nicht unter seiner Abwesenheit leiden oder um ihr Leben fürchten. War er zu einem solchen Opfer fähig? Könnte er seine Liebe aufgeben? Vielleicht würde er nie aus den Bergen zurückkehren, und es hatte nichts damit zu tun, ein Mädchen zu behalten, dem es nicht an Verehrern mangelte ...

Julian fühlte sich feige. Wie konnte er sich selbst belügen?

„Du weißt gut, dass ich dich liebe, Lisa ...

"Dann?

Angesichts dieser Beharrlichkeit, die von diesen schrägen und ausdrucksvollen Augen verfolgt wurde, gab der junge Mann in seinem Schweigen nach.

„Ich muss hier raus.

„Verlassen? Wohin?

"Ins Gebirge.

"Ich verstehe nicht.

„Es ist leicht zu verstehen. Unsere deutschen Freunde wollen uns ins Chaos ziehen, in den blutigsten und absurdesten Krieg aller Zeiten.

„Glaubst du wirklich, dass es Krieg geben wird? Hier?

"Ich bin sicher...

Jetzt gingen sie durch die einsamen Gärten, die sich vor der anmutigen Fassade einer orthodoxen Kirche erstreckten. Die große Messe mit ihrer halbkugelförmigen Kuppel, den kubischen Kapitellsäulen, den Mosaiken und Wandmalereien vermittelte einen Eindruck von großer Pracht ... Sie setzten sich auf eine steinerne Bank. Alles lud uns ein, in diesem köstlichen Frieden zu bleiben, ein Auftakt zu einem Drama.

Und was wird passieren?

"Wer weiß!

„Ich fürchte, Julian ... Wenn du mich wirklich liebst, lass uns beide sehr weit gehen, aus diesem Land ... In die Türkei ...

„Was sagst du? Glaubst du, ich kann so egoistisch sein? Kennst du die Geschichte meines Vaters nicht?

"Dein Vater?

"Ja. Er war ein Feigling ...

Ein Papst ging an dem jungen Paar vorbei und grüßte höflich mit einer Geste. Er war in ein langes Gewand gehüllt und trug eine Stoffmitra. Freundlichkeit spiegelte sich in seinem Gesicht wider. Das brachte Julian zum Ausrufen.

Warum lässt Gott Kriege zu?

„Sie sind eine Strafe. Solange der Mensch existiert, wird es ihn geben.

"Du hast recht.

Sie verstummten. Julian begann sich an die Geschichte seines Vaters zu erinnern. Er hatte es so oft und in so vielen Details gehört ...

2

Januar 1916. Voller europäischer Krieg. Die Truppen des Kaisers, getrieben von gesamtdeutschem Fanatismus und Machthunger, haben sich auf das verrückte und absurde Abenteuer eingelassen, die Welt zu erobern.

Bulgarische Donauufer, fast menschenleer mit kahlen Hängen. Dort, nicht weit von einem kleinen Dorf mit Holzhäusern, findet eine seltsame Versammlung statt. Eine Gruppe von Reitern der französischen Armee nähert sich dem Ufer und lässt die Schwärme von schwarzen Krähen und Graugeiern entstehen, die sich verängstigt über das Wasser bewegen.

Etwa 300 albanische und bulgarische Krieger begegneten ihnen. Die anderen waren im Dorf geblieben. Die Häuptlinge beider Seiten sanken zu Boden.

Sergio Nosdrev schüttelte dem französischen Offizier die Hand, und beide hockten im türkischen Stil und zündeten sich Zigaretten an.

„Bulgarischer Tabak! Nosdrev lächelte. Von bester Qualität!

„Blond wie das Haar eines Schweden und duftend wie ein arabisches Parfüm. Ausgezeichnet! Ich gratuliere dir!

"Nun. Lass uns die Komplimente fallen lassen und direkt zum Punkt kommen ...

Sergio Nosdrev nahm seine haarige Pelzmütze ab und kratzte sich am Kopf.

"Einverstanden. Direkt auf den Punkt...

„Du weißt, mein lieber Freund, dass die anderen Chefs der „Comitadjis" im Sold der Österreicher und der Deutschen stehen. Nur meine Männer, die Partei von Sergio Nosdrev, bleiben neutral, ohne sich entschieden zu haben, auf welcher Seite er kämpfen wird. Diese Unentschlossenheit erhöht den Preis für mich und mein Volk. Zustimmen?

Der französische Kapitän nickte:

„Darüber habe ich mir schon Gedanken gemacht.

Der Militärmann beobachtete aufmerksam seinen Gesprächspartner. Er war ein ernster und schmutziger Mann mit dem Profil eines Adlers, einem langen Bart, einer Seidentunika mit verblassten Goldstickereien und einer engen Schärpe in leuchtenden Farben, die Dolche und Pistolen als wahres Arsenal zur Schau stellte.

Der Franzose trug ein Bündel Geldscheine unter seiner Tunika.

Sie waren sich bald einig!

Es waren Banknoten der Bank von Griechenland. Sergius Nosdrev würde jeden Monat hundert silberne Drachmen erhalten, plus eine tägliche Drachme für jeden seiner Männer ...

„All dies im Austausch für die Durchführung einer wichtigen Mission gegen die Truppen des Kaisers.

„Ich schwöre Ihnen, ich werde mein Wort halten, Monsieur Captain.

„Ich vertraue Ihnen. Wenn seine Mission fehlschlug, würden Tausende von alliierten Soldaten sterben. Engländer, Kanadier, Franzosen, Australier ...

„Mach dir keine Sorgen und lass uns Zeit gewinnen. Was sind Ihre Anweisungen?

Der Franzose entfaltete eine Karte.

„Hier ist das Dorf Valisi. Die alliierte Flotte bereitet eine Offensive zur See vor, und deshalb haben die Deutschen in besagten Krupp-Batterien gelandet, drei Küstengeschütze, die die besten unserer Schlachtschiffe versenken können.

„Und unsere Mission?

„Es wird darin bestehen, das Dorf zu stürmen. In Valisi lagern nur etwa zweihundert Männer, während die Baustellenarbeiten vorbereitet werden und Ingenieure strategische Punkte auf der Klippe untersuchen. Es muss ein Kampf ohne Viertel sein.

„Und die Kanonen?

„Sie werden auf dem Meeresgrund enden.

"Zustimmen. Wir werden versuchen ...

„Einfach ausprobieren reicht nicht.

Nosdrev zuckte die Achseln.

„Ich werde die erste Enttäuschung sein, wenn wir scheitern.

"Irgendwelche Fragen?

Der Bulgare schüttelte den Kopf.

Die Männer rücken im Dunkeln vor, langsam, müde. Sie haben den Tag mit Reiten verbracht. Am Ortsrand von Valisi sieht man die Segeltuchzelte des deutschen Lagers.

Hier ist das Ziel.

Kein Viertel!

Sergio Nosdrev trug das Gewehr auf der Schulter. Langsam zielte er auf den Posten. Die Akte war klar und ließ seinen preußischen Helm erstrahlen, der seine Silhouette scharf umrissen.

Es konnte nicht scheitern.

Schießen.

Der Posten fiel leblos.

Mit entsetzlichem Geschrei warfen sich die Guerillas auf das Lager. Die Deutschen, gefangen in ihren Kojen, hatten kaum Zeit, sich zu verteidigen.

Man hörte einen Kometen spielen, damit sich die preußischen Linien in der Mitte zurückziehen. Der Lärm von Schreien, Jammern und Gewehrschüssen wurde höllisch.

Plötzlich ging ein Maschinengewehr zum Einsatz.

Sergio spürte, wie eine Kugel über seinen Kopf streifte.

Dieses unerwartete Klappern, dieser Kugelhagel auf seinen Schultern machte ihn wahnsinnig.

Zwei weitere Maschinengewehre waren sofort zu hören.

Für alle Teufel!

Der Anführer der Guerilla fühlte sich von Angst geplagt.

„Lass uns weglaufen! Rückzug!

Und er warf seine Waffen nieder und rannte los. Es war eine wilde Flucht, die ihm zum Verhängnis werden sollte.

Eine Gruppe von "Comitadjis" folgte ihm.

Unter den Highlandern wurde Panik geweckt.

Weitere Guerillas flohen. Es war eine Kette.

Nach den Maschinengewehren wurden die Mörser abgefeuert. Zwei oder drei Geschosse und die "Comitadjis" wurden dezimiert.

Dann die Jagd.

Langgewehre mit Bajonetten kamen ins Spiel.

Österreichische, deutsche, ungarische, bulgarische und preußische Soldaten stürzten sich in Rachegier.

Die Jagd war kurz. Sergio Nosdrev wurde von einem Bajonett in den Bauch getroffen. Ihr Widersacher nagelte sie fest. Sergio stieß einen Schreckensschrei aus. Mit wilden Augen dachte er an den Sohn und die Frau, die er dort auf dem Balkan zurückließ.

Der Soldat legte seinen rechten Stiefel an die Brust seines Opfers und drehte das Bajonett in der Wunde, um es zu entfernen.

Sergio blieb leblos, in der Blutlache.

Der Kampf war vorbei.

Nur deutsche Stimmen waren zu hören.

„Ergebt euch!

* * *

Julian meditierte weiter über die Geschichte seines Vaters. Zwanzig Jahre zuvor hatte dieser Mann den Tod seiner Männer verursacht, weil er von Angst überfallen wurde. Würde ihm dasselbe passieren? Würden Sie den schwarzen Fleck von Ihrer Familie löschen?

Die ganze Nacht konnte er nicht schlafen. Ungeduldig wartete er auf Neuigkeiten von den anderen Partisanengruppen. Ideen überfielen ihn und er war sehr nervös.

Er erinnerte sich an das Interview mit Lisa.

Das Ende war kalt gewesen. Die junge Frau war enttäuscht gewesen, als sie von Julians Absichten erfahren hatte.

„Ich will keinen Helden! "hatte gesagt". Ich will nur einen Freund und später einen Ehemann.

Es war sechs Uhr morgens. Julian sprang aus dem Bett. Er ging nach unten zur Bar. An den Wänden hingen Plakate mit der Bitte um Freiwillige.

"Sie wollen?

"Ein Whisky ... Kann ich telefonieren?

"Natürlich.

Julian zögerte, bevor er dies tat. Dann erinnerte er sich an den kalten Abschied von seiner Freundin. Er musste sich verabschieden und sie nicht im Zweifel lassen.

Er wählte eine Nummer und wartete.

„Bist du Lisa?

"Ja.

„Ich bin Juliane.

„Ah! Werden wir uns heute sehen?

„Nicht. Ich gehe in ein paar Stunden.

"Wann kommst du zurück?

„Ich weiß es nicht. Ich liebe dich.

„Ich auch. Ich werde auf dich warten.

Julian legte auf und seufzte tief.

Sein Leben würde sich von einem Moment auf den anderen ändern. Er würde aufhören, der Student zu sein, um ein weiteres Kriegsspielzeug zu werden. Schreckliches Gespenst!

Augenblicke später ging Julian zügig eine Allee entlang. Er hatte die Warnung erhalten, das richtige Passwort. Der «Sprecher» von Radio Sofía hatte über seinen Radioempfänger gesagt:

„Wir haben unsere Sendung mit Jazzmusik gestartet.

Dann sah er auf seine Uhr. Sechs Uhr. Es war das Passwort ... Vierundzwanzig Stunden nach diesem Anruf müssen alle Partisanen am Zielort sein.

In der Nähe des Bahnhofs hörte er ein großes Geräusch und blickte in den Himmel. Eine Formation dreimotoriger Junker überflog die Stadt.

Der Krieg näherte sich sprunghaft.

Plötzlich blieb er um eine Ecke vor etwas stehen, das ihm ins Auge fiel.

In einem eleganten schwarzen Auto und eskortiert von vier Autofahrern der bulgarischen Armee reiste, ein Individuum mit orientalischen Zügen: der Botschafter Japans.

Es war der letzte, der fehlte. Bulgarien war an die Achsenländer gebunden.

3

Die Eisenbahn lief schwindelerregend oder so schien es wegen des teuflischen Schwankens und des dicken Regenvorhangs, der auf die Fensterscheiben hämmerte.

Schlechtes Wetter!

Es gab einen großen Crash und die Autos wurden dunkel. Jetzt erschienen vor Julians Augen unter dem grellen Licht der Strahlen jene Orte des wahren Bulgariens.

Gespenstisch folgten unter dem Sturm die Kiefern-, Eichen- und Buchenwälder. Dann die nackte Ebene.

Julian saß bequem sitzend und starrte weiterhin mechanisch auf die Fensterscheibe, aber seine Gedanken waren weit weg.

Wie würde Ihr Abenteuer enden!

Würde ich in Anonymität sterben? Würdest du deine Freunde verraten? Würde er als Spion von einer deutschen Patrouille erschossen werden?

Was hatte das Schicksal mit ihm vor?

Er rauchte eine Zigarette, klebte an seinen Lippen und blieb regungslos stehen. Abwesend beobachtete er die Passagiere, als das Licht auf dem Dach des Waggons wieder anging.

Die meisten waren Bauern. Arme Bauern mit einem fröhlichen und gastfreundlichen Charakter. Weizen, Obst, Wein, Tabak und Seide keimten aus seinen mühsamen Händen ... Was würde mit dem Krieg aus ihnen werden?

Weiter unten einige "chotrari", schmutzig, zerlumpt und mit Kindern beladen, die mit ihrem Geschrei das Bild von menschlicher Armut trauriger und erbärmlicher machten.

Julian Nosdrev lächelte.

"" Diesen "ist der Krieg scheißegal. Was können sie von der Welt erwarten? Wenn der Frieden sie so behandelt, kann Krieg für sie nicht schlimmer sein ...

Und die restlichen Passagiere?

Jüdische, türkische, tzigane, rumänische Emigranten ... Bunte Ausländerschar ... Woher kamen sie? Wohin gingen sie?

Fliehen sie angesichts der Kriegsgefahr aus dem Land?

Es war der Zug der Elenden und Traurigen.

Julian Nosdrev zuckte die Achseln. Und was kümmerte ihn das? In zwei Stunden würde er sein Ziel erreichen.

Der Konvoi hatte angehalten.

Julian wischte die Feuchtigkeit vom Glas.

Sie hatten die Sturmzone passiert. Es regnete nicht mehr.

Habe eine Station gesehen. Auf der Plattform boten einige Anbieter ihre Produkte an. Die Reisenden versorgten sich selbst mit Sandwiches, heißem Kaffee oder Zigaretten.

Der Zug fuhr wieder an.

Drei weitere kontrastierende Passagiere in diesem Waggon waren gerade eingestiegen. Sie trugen die Uniform der Kadetten der Kugatschewo, und ihre glänzenden Mäntel mit Metallknöpfen machten bei den Auswanderern einen lebendigen Eindruck.

Wo würden sie hingehen?

Sicherlich an der Grenze, um als Ausbilder für die neu eingetroffenen Truppen zu dienen, um die Garnisonen an der Grenze zu Rumänien und Jugoslawien zu verstärken.

Julian entdeckte plötzlich vor sich einen Mann von etwa vierzig Jahren mit großen Schnurrbärten, der Stalin auffallend ähnelte. Ein Segeltuchhut verbarg den scharfen Blick seiner Pupillen.

Der Fremde beugte sich zu Julian und fragte:

Bist du Bulgare?

„Entschuldigen Sie. Ich rede nicht mit Fremden.

Der Mann lächelte.

"Oh! Ja! Er ist Bulgare ... Es ist seltsam, dass ein Mann in seinem Alter kein Soldat ist, besonders jetzt, wo sie alle mobilisieren.

Julian versuchte, eine gewisse Gelassenheit und Gleichgültigkeit zu zeigen.

„Sind Sie Kurator oder so?

"Oh! Nicht! Gott rette mich ...

„Dann werden Sie erkennen, dass Ihre Frage etwas indiskret ist.

„So ist es. Obwohl ich Ihnen zur Beruhigung sagen möchte, dass ich Ihre Ideale weitgehend teile.

„Meine Ideale? Wie kann ich mir das sicher sein?

„Komm zur Wagenplattform. Dort können wir frei sprechen.

"Zustimmen.

Draußen war die Luft sehr kalt und Julian rückte seine Pelzmütze auf dem Kopf zurecht. Dann beobachtete er seinen Gesprächspartner. Er sah jüdisch aus.

"Nun, Freund..." sagte dies mit einem langen Lächeln. Jetzt können wir klar sprechen. Ich weiß wer du bist und was du willst. Auch ich bin ein erbitterter Feind der Nazis.

Und was wolltest du mir sagen?

Der Fremde zog eine kleine Brieftasche aus seinen Taschen.

„In diesem Portfolio befinden sich bestimmte Codedokumente, die in die Hände ihrer Vorgesetzten gelangen müssen. Ich übergebe sie dir, da ich an der nächsten Station aussteigen muss.

Der Mann mit einem seltsamen ausländischen Akzent überreichte ihm das Lederpaket.

„Bist du sicher, dass ich es bin, dem du es geben solltest?

"Vollständig. Wir sind uns einig?

"Ja.

„Jetzt ist es nicht bequem für sie, uns zusammen zu sehen. Ich gehe zum anderen Auto und du gehst zu deinem Platz zurück.

„Sehr gut. Werden wir uns wiedersehen?

"Kann sein.

"Also tschüß!

"Bis demnächst!

Julian Nosdrev kehrte zu seinem Platz zurück und rauchte eine Zigarette.

Es war Morgendämmerung. In der Mitte eines dunkel getönten Grases, das von kurzem Schilf strotzte, lag die Oberfläche einer winzigen Lagune. Die Dünen rechts machten einer grünen Ebene Platz, und die Eisenbahn führte über eine Flussbrücke.

Stunden vergingen. Diese Reise war endlos. Sie sollten ihr Ziel inzwischen erreicht haben, aber der Motor war langsamer geworden. Es wurde befürchtet, dass die letzten Stürme die Schienen beschädigt hatten und alle Vorsichtsmaßnahmen an solch trostlosen Orten gering waren.

Plötzlich tastete Julian instinktiv in seiner Jackentasche.

Er wurde blass.

Angst erfasste die Passagiere.

Die Aktentasche mit Dokumenten war verschwunden.

Er versuchte sich zu erinnern.

Zehn Minuten zuvor war er auf die Toilette gegangen und auf dem Flur des Autos war er einer Person begegnet.

Ein zerlumpter und dreckiger Tzigane, der ein paar Worte der Entschuldigung murmelte.

Für alle Teufel! Wie findet man ihn?

Endlich hielt der Zug. Julian sah aus dem Fenster.

Es war ein Militärposten. Ein Wachposten, mehrere Pavillons, ein Turm und zwischen den Felsen, auf einem Hügel, mehrere Geschütze.

Überrascht sah Julian, wie mehrere Männer, mit Gewehren bewaffnete Soldaten, einem Offizier mit einer Pistole in der Hand folgten und den Wagen betraten.

Die Stille war absolut.

Julian blieb regungslos auf seinem Sitz sitzen.

Ein Soldat kam auf ihn zu.

"Stehen!

Julian gehorchte. Das Militär durchsuchte ihn sorgfältig. Als sie sahen, dass seine Suche vergeblich war, zwangen sie ihn sich wieder hinzusetzen.

Plötzlich eine Stimme:

„Sergeant! Das suchen wir!

Julian erkannte den Mann, der seine Brieftasche gestohlen hatte.

Der Tzigane protestierte laut in seiner fremden Sprache.

Ein Soldat hielt die Dokumente in der Hand.

Mit dem Schlag auf den Hintern nahm die Patrouille den jungen Bohemien, der nicht erwartet wurde, oder erklärte die Gründe für seine Verhaftung.

Julian seufzte, als der Zug wieder anfuhr.

Er sah durch das Fenster.

Der junge Tzigane kämpfte zwischen seinen Entführern.

Plötzlich glaubte er, etwas gesehen zu haben, das ihn verblüffte.

Der Typ war aus einem der Pavillons gekommen, um ihm die Dokumente zu geben.

Der Zug nahm Fahrt auf.

Es war alles eine Falle gewesen, ihn zu fangen!

Julian Nosdrev wusste zu viel.

Als er merkte, dass sein Plan gescheitert war, würde diese Person, zweifellos ein Pro-Nazi-Agent, zur nächsten Station telegrafieren.

Ich war verloren!

Er stand auf und ging zur Wagenplattform.

Der Zug fuhr durch ein felsiges Gelände, das von Büschen und verkümmerten Büschen bevölkert war.

In einer Kurve wurde die Lokomotive langsamer.

Es war der Moment.

Julian ließ sich fallen.

Als er auf dem Boden aufschlug und den Hang hinunterrollte, glaubte er, das Bewusstsein zu verlieren.

Dann stand er auf und sah zu, wie sich die Eisenbahn von diesen trostlosen Orten entfernte.

* * *

Julian glaubte an einen Traum, als er wieder von seinen Studienkollegen umgeben war, die fortan ihr Studium und ihre Lehrbücher ablegten, um zähe, rebellische Parteigänger zu werden, gehasste, gefürchtete und respektierte Guerillas vom uneinnehmbaren Balkan.

Er war zwei Tage lang, ohne Hilfe einer provisorischen Karte, durch diese von Hunger und Müdigkeit erschöpften Bergregionen gereist.

Er wurde wie ein Automat. Er hatte die Hoffnung verloren, den vereinbarten Ort zu finden ...

Aber jetzt war er fast glücklich. Lächeln, freundliche Gesichter und ein guter Teller Bohnen mit Schweinefleisch. Was konnte sie sich nach diesem Albtraum mehr wünschen?

Auch unbekannte Gesichter gab es zuhauf. Das Lager, gebaut aus zwei oder drei Meter hohen Hütten im tatarischen Stil, die mit dicken Flechtwerken gebaut wurden, die die Wände und Dächer aus Zuckerrohr und Lehm bildeten, wurde auch von ausländischen Bauern bewohnt, die größtenteils serbisch aussahen, die bis dahin eine engagierte Partei gebildet hatten zum Schmuggel.

Der Ort war gut. Eine Hochebene, die mehrere Täler beherrschte und von großen Klippen aus Granitfelsen geschützt wurde. Früher residierten dort einige nomadische Hirten, die auch als Führer in den Dienst der Guerilla eingetreten waren. Ihnen war es zu verdanken, dass die Hütten von Melonen-, Kürbis-, Hirse- und Maisplantagen umgeben waren, fast ausschließliche Lebensmittel für diese Menschen.

Julian warf einen Blick auf den Waffenbestand. Die Hütte war voll. Deutsche Mauser-Gewehre, tschechoslowakische Gewehre, Maschinengewehre, Maschinenpistolen, italienische und russische Handgranaten, Sprengstoffe und Geschosse in großer Menge und sogar verschiedene kleine Feldmörser.

Julián zog sich, nachdem er sich bis spät in die Nacht angeregt mit seinen Freunden vor einem Lagerfeuer aus Disteln unterhalten hatte, da Brennholz dort knapp war, zur Ruhe zurück.

Das Zimmer war extrem klein. Eine Feldkoje war fast voll und die Nerven hinderten den jungen Mann am Einschlafen.

Draußen ertönte eine schwache Trompete mit rhythmischem Heulen, begleitet von den dröhnenden Stimmen mehrerer Guerillas. Es war der Eifer des Krieges, der den ersten Scharmützeln vorausging.

Sie begannen die ersten Worte der bulgarischen Nationalhymne zu singen:

"Chumi marica okravena ...".

Im Morgengrauen, als sich das erste Tageslicht in den Höhen niederließ, erreichte Julian ein seltsames Gerücht.

Unruhig sprang er aus dem Bett und ging zum Fenster.

Der Himmel war klar.

Die riesigen Rebhühnerschwärme, die Wolken der Trappenvögel, die langen Kranichreihen waren versteckt.

Vor diesem fernen Gemurmel war die Ebene in tiefer Stille.

Es gab keinen Zweifel.

Es war der Knall einer Kanone.

4

Der Marsch durch diese Wälder war lang und schwer.

Die Gruppe rückte langsam vor.

Die Kommunikation zwischen den Verbindungen hatte volle Ergebnisse gebracht, und sieben Guerillagruppen mussten sich fünf Kilometer von Boghasi entfernt treffen, einer Kleinstadt von großer landwirtschaftlicher Bedeutung, die das erste Ziel der Rebellen für die bulgarischen Beziehungen zu Berlin werden sollte.

Julian Nosdrev, unter seinen vertrauten Kameraden, ging misstrauisch durch diese Orte, bereit für jede Überraschung.

Nicolas Vidin sah ihn lächelnd an.

„Besorgt, Julian?

"Ja.

"Warum?

„Was sind wir wirklich, Nicolás? Verräter? Deserteure? Patrioten? Antimilitaristen?

Vidin zuckte mit den Schultern.

„Wir lieben Bulgarien einfach. Wir mögen es nicht, dass Hitler uns willentlich hat ... Die Regierung wird Nazi und wir rebellieren, um dies zu verhindern.

„Und glauben Sie, wir werden unsere Ziele erreichen?

„Die Geschichte wird es zeigen.

Nicolás Vidin hatte diesen Satz so feierlich ausgesprochen, dass Julian sich nicht zurückhalten konnte und zu lachen begann.

Dann bereute er sein Lachen.

Der Feind, vielleicht im Busch versteckt, könnte jeden Moment auf sie springen.

Die Regierung von Sofia hatte geschworen, die Rebellion zu beenden.

Es musste sauber geschnitten werden!

Sie rückten mehrere Stunden lang stetig und beharrlich vor.

Die serbischen Führer hatten in der Vorhut das Bajonett in den Gewehrspitzen durchbohrt und trieben mit ihren Waffen die dicken Äste weg, die oft die Wege versperrten.

Als es Abend wurde, befanden sich die Partisanen im dichtesten Teil des Waldes, der aus riesigen Bäumen bestand, mit kräftigen, hohen Stämmen, die sich perfekt senkrecht erhoben.

Die Vegetation wurde dichter und dichter. Der feuchte Boden, bedeckt von großen Büschen, behinderte fast den Durchgang der Menschen.

Julian ging auf einen der Führer zu.

„Diese Orte sind eine perfekte Tarnung für unsere Feinde. Glaubst du, es gibt hier welche?

„Möglicherweise kennen sie unsere Bewegungen.

„Werden sie uns angreifen?

„Vielleicht erwarten sie, dass wir uns mit den verbleibenden Parteien treffen. Ein Teig im Teig. Das würde viele Probleme für sie lösen.

„Sind wir noch weit von Boghasi entfernt?

„Eine Sache von ein paar Stunden.

„Die Männer sind erschöpft. Es ist ein endloser Marsch.

Der serbische Führer kratzte sich seinen dicken Schnurrbart und lächelte:

„Es wird nicht so endlos erscheinen, wenn man bedenkt, dass jeder Kilometer, den wir zurücklegen, eine weitere Strecke ist, die uns dem Tod näher bringt. Wie viele von uns werden in die Berge zurückkehren?

Julians Gesicht spiegelte Angst wider, und er streichelte den Riemen der Maschinenpistole, die von seiner Schulter hing.

Sie erreichten das Ende des Waldes. Der dicke Baldachin, der sie mit seinen Ästen vor den Aufklärungsflugzeugen geschützt hatte, existierte nicht mehr über ihren Köpfen.

Jetzt war es eine Ebene, eine sumpfige Ebene.

Der Boden wurde immer weicher und rutschiger.

Julian dachte, dass diese Ebene ein leichterer Ort für einen Hinterhalt wäre, wenn sie sie angreifen müssten.

Die Füße der Guerilla versanken bis zu den Knöcheln im Schlamm, was ihren Marsch langsamer und schmerzhafter machte.

Alle schwiegen.

Plötzlich fiel in der Weite dieser Orte ein scharfer Schuss.

Einer der Guerillas schrie und fiel zu Boden.

„Alle am Boden!

Die Männer fielen im Schlamm flach auf die Gesichter.

Ein neuer Schuss.

Das Projektil zischte über Julians Kopf.

Diese Kugel war für ihn bestimmt.

„Von wo aus schießen sie?

„Da, links.

Es war ein felsiger Hügel zwischen Schilf und Büschen. Wie viele könnten es sein?

Welche Waffen würden sie haben?

Nicolás Vidin beobachtete diesen Hügel und entschied dann:

„Ich werde sie jagen!

„Denkst du an einen Umweg? fragte Julian.

„Genau. Es gibt keine andere Lösung. Wer will mitkommen?

Vier Männer meldeten sich freiwillig.

"Auf Wiedersehen!

"Glücklich!

Ohne einen Augenblick zu verlieren, krochen die fünf Partisanen durch den Schlamm auf das Nest ihrer Feinde zu.

Die anderen beobachteten aufmerksam, wie die wagemutigen Gefährten davongingen. Sie bewegten sich mit ihren Köpfen fast über dem Boden. Sie sahen aus wie Eidechsen.

Plötzlich entstand ein "Spontan".

Mit einer Granate in der Hand wollte sich ein neuer Guerilla der Expedition anschließen und versuchte über die Lücke zu rennen, die ihn von den anderen trennte.

Er war ungeduldig, ein Held zu sein.

Arme verblendet!

Diesmal war es ein Maschinengewehrgeklapper.

Er hatte kaum einen Schritt getan.

Er fiel mit ausgestreckten Armen, ein Stück Stahl steckte zwischen seinem Gehirn.

Julian seufzte.

Halb im Schlamm vergraben, schien dieser Mann, der von haarigen Pelzgewändern bedeckt war, mehr als ein Mensch wie ein Bär, der von einem gewissen Jäger getötet wurde.

Nein. Dies war jedoch kein Spiel ...

Es war Krieg.

Töten, sterben, plündern, hassen, platzen ...!

Julian stellte sich vor, dass auch die fünf Männer nicht zurückkehren würden.

Der Wind blies frei und ungehindert über die sumpfigen Ebenen, und sein Gejohle klang wie ein langes Jammern.

Die Angst, die Ungeduld und der Schmerz der Wartenden nahmen mit den Minuten zu. Die Angst wuchs gleichzeitig mit der Erregung der Nerven.

Was ist passiert?

Jetzt umhüllte nur noch Stille alles.

Nur der Wind.

Die Minuten vergingen.

Julian sah auf seine Uhr.

Mehr als zwanzig waren vergangen.

Es bestand die Möglichkeit, dass Gefangene gemacht worden waren, aber es war seltsam, dass dies der Fall war, wenn nicht das geringste Kampfgeräusch zu hören war.

Noch fünf Minuten.

Die Ungeduld stieß an ihre Grenzen.

Was zum Teufel tun sie?

Jetzt...!

Die Explosion einer Handgranate.

Dann eine Reihe von Schüssen...

Eine schwarze Rauchsäule stieg in den Weltraum auf.

Was passiert ist?

* * *

An diesem Morgen gaben die Zeitungen in Sofia offiziell bekannt, dass Bulgarien den Dreierpakt unterzeichnet habe. König Boris unterstützte, wie Ungarn und Rumänien, die Truppen der Anchluss, des faschistischen Reiches und des japanischen Reiches.

Die Presse sprach auch von dem zwanzig Tage zuvor zwischen dem deutschen Marschall von List und den Generälen der bulgarischen Armee geschlossenen Geheimabkommen, das Hitlers Truppen bei ihren Feldzügen gegen Jugoslawien und Griechenland freien Durchgang durch die Balkangebiete gewährte.

Sechshundertachtzigtausend deutsche Soldaten werden Bulgarien durchqueren.

Im Gegenzug wird der "Führer" König Boris Mazedonien gewähren ... Eine gerechte und großzügige Belohnung! Die bulgarischen Soldaten würden eine Teilnahme an diesen Kriegshandlungen vermeiden.

Gute Nachrichten für Anti-Nazi-Partisanen auf dem Balkan!

Sie würden nicht gegen ihre Brüder kämpfen müssen!

Die 680.000 Männer von Von List würden mit ihnen klarkommen!

Und während die Zeitungen der Hauptstadt ihre Straßenverkäufer anwarfen, fand im sogenannten Kommissariat des Nationalen Sicherheitsdienstes ein seltsames Interview statt.

Lisa hob ihre Zigarette an die Lippen und sog eine dicke Rauchwolke ein.

Dann blickten seine großen Augen neugierig auf den Typen, der auf der anderen Seite des sperrigen Schreibtisches saß, auf dem Tausende von unarchivierten Papieren verstreut lagen. Beschwerden, Mitteilungen, Informationen, anonym ...

Er war ein völlig kahlköpfiger Mensch mit einem glatten und glänzenden Schädel wie die Oberfläche einer Kugel. Seine Augen waren blau, klein und scharf. Augen des armen Ungeziefers. Er lächelte lange...

„Du bist so schön, Lisa.

„Haben Sie keine Angst, mich mit Ihrem Lob zu überraschen ...

Lisa, eine unbekannte Lisa, saß am Ende des Tisches. Die junge Frau trug ein elegantes rotes Kleid mit gewagtem Ausschnitt. Der Polizist betrachtete diese Gestalt mit Bewunderung und Sehnsucht.

„Hat es dir sehr gefallen, mein Freund?

„Du weißt, dass es so ist. Ich habe es dir schon oft gesagt.

Da klopfte jemand an die Tür.

"Gehen Sie geradeaus!

Ein großer, elegant gekleideter, junger, sehr blonder Mann kam mit langen Schritten auf den Polizisten zu.

„Guten Morgen, Herr Kommandant!

„Guten Morgen! Etwas Neues?

"Nichts.

Der Polizist sah Lisa an und gestikulierte auf den Neuankömmling.

"Lisa! Das ist Otto Oberq, mein Mitarbeiter aus Berlin ...

"Ah! Spuk...

Der ernste Kerl warf dem Mädchen einen kalten Blick zu und setzte sich in einen großen Sessel. Die junge Frau bemerkte das Emblem am Revers ihrer Jacke. Ein Kreis mit dem Hakenkreuz.

„Wie gefällt Ihnen unser Land, Mr. Oberq?

Der Deutsche zuckte die Achseln.

„Guter Wein, guter Tabak und gute Frauen ... wie Sie.

"Das ist sehr nett von dir.

„Wir Diener des 'Führers' wissen, wie es geht. Wir müssen uns gegenüber unseren Verbündeten jederzeit richtig verhalten.

Lisa lächelte. Selbstgefälliger Hahn!

„Gehörst du zur Ordnungspolizei?

Der Deutsche nickte.

„Vermutlich. Und warum haben sie ihn einfach hierher nach Bulgarien geschickt?

Der bulgarische Polizist, offenbar Kommandant des Geheimdienstes, unterbrach die junge Frau.

„Otto Oberq ist an unsere Aufgabe gewöhnt und hilft mir fantastisch. Er hat einen perfekten Dienstausweis.

»Danke, Herr Kommandant ... Apropos Rebellenangelegenheit ... Haben Sie den Agenten gefunden?

Der Kommandant runzelte die Stirn.

„Du scheinst etwas verwirrt zu sein, mein lieber Otto.

"Was bedeutet das?

„Ich habe Ihnen gerade den Agenten vorgestellt, den wir brauchen.

„Fräulein Lisa?

"Das gleiche.

„Aber Kommandant... Eine Frau?

"Sie sind überrascht ... vielleicht ... Nein? Das passiert, weil er Lisa Borgsen nicht so kennt wie ich ...

"Borgsen? Bist du kein Bulgare? Dein Nachname ...

Die junge Frau schmollte anmutig, um die Vermutungen des Deutschen zu leugnen.

„Ich wurde in dieser Stadt geboren, aber meine Familie war fremd. Österreicher mein Vater und Russe meine Mutter. Eine seltsame Mischung. Ich denke, diese beiden Rassen haben großen Einfluss auf meinen Charakter. Ich bin stolz wie du "quadratische Köpfe" ... Oh! Seien Sie nicht beleidigt ... Es ist nur ein Witz. Unabhängig, unruhig, abenteuerlustig und vor allem gierig.

"Und ist es das erste Mal, dass Sie sich an Spionageangelegenheiten beteiligen, wie wir Ihnen das vorschlagen?

Lisa lachte.

„Glaubst du, der Kommandant würde sich dem aussetzen?

"Dann?

„Ich habe für den italienischen Geheimdienst gearbeitet. Ein erbitterter Kampf gegen die griechischen Agenten.

„Wie lange warst du bei ihnen?

"2 Jahre.

Und wie sind Sie die Hunde des Duce losgeworden?

„Es war nicht schwer für mich. Ich diene weiterhin der Sache der Achsenmächte.

Der Kommandant griff ein und versuchte zu erklären:

„Lisa Borgsen kam Anfang letzten Jahres in meine Abteilung. Verdächtige Elemente gab es an der Universität Sofia, insbesondere an der Juristischen Fakultät. Die Politik der Anfangszeit des Krieges beherrschte die Köpfe der Studenten. Lisa ist jung. Fünfundzwanzig Jahre. Er schrieb sich am College ein. Wir hatten einen Jungen in der Akte, der Kundgebungen gegen die nazifreundliche Regierung anzettelte. Ein gewisser Julian Nosdrev ... Lisa hat sich mit ihm angefreundet. Sie haben sich verabredet, aber er konnte kaum Informationen über die Partisanenprojekte von ihm bekommen.

„Und warum haben sie ihn nicht befragt? Gab es nichts mehr, was ihn aufhalten konnte?

„Unmöglich. Das hätte die anderen in die Flucht geschlagen. Es ist schwer, die Schüler zu bekämpfen. Sie sind stur, rebellisch und verraten sich nie.

Otto Oberq lächelte.

„Und sind Sie sich Ihrer Mission bewusst, Miss Lisa? Ins Maul des Wolfes gehen? In den Bergen? Mit den verrückten und wilden Partisanen? Sie ständig ausspionieren? Es wird viel Mut erfordern.

Lisa blies eine Rauchwolke aus.

„Ich habe es verstanden. Zögern Sie nicht.

5

Ein kleines "störche" Flugzeug flog tief über die weiten Wälder. Das Wetter war gut und der Flug war nicht unangenehm.

Lisa beobachtete den Piloten.

Komischer Typ! Er hatte kein Wort geändert, seit er den Flughafen verlassen hatte ...

Und das? Schließlich wäre diese Person, selbst wenn sie sprachen, immer noch ein armer Fremder.

Die Sicht war groß, und die junge Frau musterte mit eingehenden Blicken den Fleck, der sich unter dem riesigen grünen Wedelfleck erstreckte.

Plötzlich brummte der Motor lauter. Etwas war falsch. Er stürzte in einem Sprung, ähnlich einem Schlagloch, einige Meter in die Tiefe.

Der Pilot dominierte das Flugzeug.

"Was ist los?

"Nichts mach dir keine Sorgen.

„Noch ein langer Weg?

Der Pilot konsultierte seine Navigationsinstrumente.

„Nur fünf Minuten.

„Was ist mit dem Motor passiert?

„Ich weiß nicht ... Ein Misserfolg ... Diese Geräte waren in der französischen Kampagne und jetzt leiden sie darunter, dass sie rein alt sind.

Die große Vegetationsfläche eines intensiven Grüns setzte sich fort.

Vor ihnen stand eine bergige Barriere.

Der Balkan!

"Wir sind angekommen!

„Angekommen? Wo ist der Flughafen?

"Dort!

Im Wald war eine Lichtung.

Das Flugzeug umkreiste das "Feld" in mehreren Kreisen, begann dann an Höhe zu verlieren, Gas zu geben, langsamer zu werden, und kurz darauf rutschte das Fahrwerk auf festem Boden.

Das Feld war neu gebaut. Eine der vielen militärischen Einrichtungen mit Blick auf den Krieg. Es befand sich in einer außergewöhnlich üppigen Lage, die einiges Jagdgerät geschickt tarnte.

Zwischen dem Hain waren mehrere Pavillons versteckt.

Das Flugzeug stoppte seinen Marsch.

Zwei bulgarische Soldaten führten Lisa in die Baracke des Lagerchefs.

Dort würde er die letzten Anweisungen erhalten.

* * *

Julian hielt still. So auch die anderen Partisanen.

Nach dieser Explosion und mehreren Schüssen herrschte wieder eine unerträgliche und widerliche Ruhe.

Was passiert ist?

Nicolas Vidin und die fünf Männer kehrten nicht zurück.

Minuten vergingen.

Du musstest sie finden!

Sie waren sich schnell einig. Ein Zeichen von Julian genügte. Sie begannen, den Weg ihrer vermissten Gefährten zu gehen.

Plötzlich spürten sie vor ihnen das Rascheln von Ästen.

Könnte es der Wind gewesen sein?

Ideen brodelten in Julians Gehirn.

Sie blieben alle stehen.

Jetzt hörten sie deutlich ein Zischen und gedämpfte Stimmen.

Wer zum Teufel waren sie?

Sie konnten ihre Körper kriechen hören.

„Es dürfen nicht viele sein!

„Lass uns darauf warten!

Die Partisanen rückten weiter vor.

Stille wieder.

Plötzlich, etwa fünfzig Meter entfernt, sahen sie, wie sich die Hufe mehrerer Männer bewegten ...

Ohne einen Moment zu warten, rief Julian:

"Für Sie!

Als die Soldaten das hörten, drehten sich die Soldaten überrascht und bewegt von ihrer Nervosität um.

Es war der erste Kontakt.

Das Erstaunen über die unerwarteten Auftritte spiegelte sich in den Augen der Militärs.

Vor ihnen standen keine Menschen mit Herz und Gefühl, sondern Maschinen, Roboter zum Töten.

Einer von ihnen folgte seinem Instinkt und schaffte es, den Abzug seiner Waffe zu betätigen.

Die Partisanen enthüllten die Nachbildung ihrer Gewehre und Maschinenpistolen.

Beide Gruppen warfen sich zu Boden, um sich zu schützen und ein massives Feuer zu entfachen.

Hunderte von Geschossen kreuzten sich mit ihren charakteristischen Pfeifen und suchten das Fleisch der Männer.

Die Partisanen hatten den Vorteil eines Überraschungsangriffs verloren. Was nur ein kurzes Scharmützel hätte sein sollen, verwandelte sich nun in einen blutigen Kampf.

Mehrere Guerillas fielen regungslos in den Sumpf.

Julian bemerkte sie.

Sie sahen aus wie nasse, unbewegliche, schwere Mehlsäcke ...

„Kannst du mich überholen lassen? Vielleicht mit einer Granate ...

Julian sah den an, der mit ihm gesprochen hatte.

Es war ein Junge, der trotz seiner groben Kleidung und der wollenen Kepis sein etwas kindliches Gesicht zeigte.

"Wie alt bist du?

"Siebzehn...

"Und was machst du hier?

„Das ist meine Sache. Lässt du mich raus?

"Nicht. Auf keinen Fall...

"Warum?

„Sie werden dir den Kopf wegblasen, sobald du herausschaust.

Die Gewehre hörten nicht auf zu feuern, aber nach und nach, nach einigen Minuten, ließ das schwere Feuer nach ... besonders auf der Seite der Soldaten.

„Was passiert mit diesen?

„Sie reagieren kaum auf unsere Schüsse.

„Wird ihnen die Munition ausgehen?

Ein paar Minuten vergingen.

Der Feind hatte aufgehört zu schießen.

Sie warteten ein paar Augenblicke.

Dann näherte sich Julian dem Jungen, der zuvor um Erlaubnis zum Ausgehen gebeten hatte ...

„Los, Junge! Jetzt ist es an der Zeit!

Was ist, wenn dieses Schweigen eine Falle ist?

„Wir werden dich mit unserem Feuer bedecken. Wir lassen sie nicht ihre Nase zeigen.

„Kann ich mir eine Granate ausleihen?

"Ja.

Julian reichte seinem Kameraden eine Handbombe.

„Sind Sie entschieden?

"Ich gehe dort hin!

Der junge Mann verließ seine Kameraden und sprang mit vorgebeugtem Körper durch die Pfützen.

Als er auf den felsigen Hügel zuging, begannen die Partisanen wütend zu schießen. Hunderte von Kugeln, Geschosse krachten in den Fels.

„Stoppt das Feuer!

Der junge Mann kletterte zwischen den Felsen.

Mit einer letzten Anstrengung, die Granate in der Hand, sprang er auf und kletterte hoch auf die Suche nach seinen Feinden.

Jeder konnte es perfekt sehen.

Er hat sich umgesehen.

Dann bedeutete er seinen Gefährten, näher zu kommen.

Julian trat vor. Er erreichte den Hügel.

Seine Partisanen folgten ihm.

„Was ist, Junge?

„Sie sind nicht hier! Niemand!

"Was?

„Sie sind gegangen.

Die Partisanen konnten tatsächlich feststellen, dass die Soldaten gegangen waren.

„Sie sind geflohen!

„Jagen wir sie?

„Nicht! Schau da!

Zwischen den Felsen die Leichen seiner Kameraden ...

Nikolaus! Nicolás Vidin durch die Explosion einer Granate schrecklich verstümmelt ...

Julian erkannte ihn an den Überresten seiner Kleidung.

Wie erkennt man sein Gesicht, das sich in einen Blutfleck verwandelt hat?

Die anderen hatten Kugeln auf der Brust ...

Nachdem sie die Opfer dieses Angriffs begraben hatten, setzten die Partisanen ihren Marsch fort.

Eine halbe Stunde später tauchte eine Vielzahl bedrohlicher Silhouetten im Licht des Sonnenuntergangs auf.

"Vorsichtig!

Die Partisanen machten ihre Waffen bereit.

"Wer ist da?

„Das sage ich! Eine Stimme antwortete.

Einer von Julians Männern senkte wieder sein Gewehr.

„Sie sind einer von uns! Wir sind angekommen!

Ein Seufzer der Erleichterung lag jedem Partisanen in der Kehle.

* * *

Die ganze Nacht über herrschte reges Treiben, um den Einmarsch der Partisanen in Boghasi vorzubereiten. Im Allgemeinen glaubte man, dass es einfach ein Spaziergang sein würde; aber die Informanten zeigten, dass es ein Fehler war.

Die Deutschen waren da!

Eine der ersten Expeditionen von Marschall von List war in der Stadt angekommen, um sich einzudecken.

Sie sollten in der Schlucht angegriffen werden.

Ja. Das war die beste Idee.

Julian Nosdrev und die anderen Partisanenführer hatten sich um einen Neuankömmling aus Boghasi versammelt, der als ihr Verbindungsmann diente und Nazibewegungen ausspionierte.

Er entfaltete eine Karte und platzierte sie im Licht einer Öllampe ...

„Wir werden die Bewegungen untersuchen, denen die deutschen Truppen auf dem Balkan folgen werden ...

Er nahm einen Bleistift.

„Die Truppen von Von List werden den südwestlichen Teil Bulgariens entlang der jugoslawischen und griechischen Grenze bis zum Fluss Maritza und der türkischen Grenze besetzen. Von dort aus werden die Nazis zu den Ionischen Inseln, Thessaloniki, Athen und Skopje springen.

„Und nach Norden? fragte Julian.

„Rumänien ist ein bedingungsloser Verbündeter! General von Kleist wird von der Donau aus besetzen, um sich mit von Lists Truppen entlang der jugoslawischen Grenze zu verbinden. Von dort aus haben sie ein hervorragendes Sprungbrett, um über Belgrad und Sarajevo zu springen, um sich mit den Italienern aus Albanien zu verbinden.

"Wir müssen diese Truppenkonzentration in unserem Land, diese Besetzung Bulgariens verhindern", brüllte einer der Partisanenführer.

Und was können wir tun? Kaum zweitausend Mann gegen Von Lists Truppen!

Julian ging zum Link.

Welche Nazi-Truppen bereiten diese Kampagne vor?

„Dreizehn Infanteriedivisionen, sechs Panzerdivisionen, sieben motorisierte Divisionen, vierhundert Bomber, dreihundert Jäger, zehn ungarische Regimenter ...

Julian legte eine Hand an seinen Kopf.

"Wir sind verrückt!

Plötzlich warf sie eine ohrenbetäubende Explosion über den Boden. Als die Partisanenführer aus ihrem Zelt kamen, herrschte unter den Guerillas Unordnung und Panik.

Das sirenenartige Geräusch mehrerer herabstürzender "Stukas" riss sie aus ihrer Überraschung.

„Körper zum Boden!

Drei weitere Bomben fielen auf das Lager.

„Männer fallen wie Flöhe!

Ein höllischer Schauer aus Feuer und Granatsplittern fiel vom Himmel.

6

In der Abenddämmerung fahren Sie nach Agaesti. Eine Vertrauensperson wird Sie begleiten. Er kennt diese Orte gut.

Lisa sah neugierig den reifen Mann in schicker Uniform an, der ihr die letzten Anweisungen gab.

„Agästi?

"Ja. Agaesti ist eine Stadt südöstlich von Boghasi. Es ist der Ort, den die Partisanen als ihr Hauptquartier gewählt haben. Die jugoslawische Regierung schickt im Krieg gegen die Achsenmächte serbische Kommandos, um diese Guerillas der bulgarischen und rumänischen Comifatjis zu organisieren in Agaesti versammeln, da ihr Lager bei Boghasi, der Versorgungsstützpunkt eines Teils der Von-List-Truppen, von Luftwaffenexpeditionen angegriffen wird ... Wälder, die verschiedenen Banden nehmen den Weg von Agaesti. Es wäre nicht schwer für uns, Agaesti durch die Luft anzugreifen. Mit den Flugzeugen dieser kleinen Basis würde es reichen, aber dort konzentrieren sie ihre Verwundeten, und was wir erreichen würden, würde sein, sie zu zerstreuen,

"Verstehen.

„Kennen Sie die Art der Informationen, die Sie dem Kommando übermitteln müssen, genau?

„In der Tat. Ich habe die Anweisungen und den geheimen Schlüssel.

"Großartig! Jetzt musst du dich ausruhen ...

„Um wie viel Uhr werden wir abreisen?

»Ich werde sie wissen lassen. Hier sind Ihre Dokumente. Von nun an sind Sie griechischer Staatsbürger, der von Ihrer Regierung entsandt wurde, um als Vermittler zwischen Athen und den Anti-Nazi-Komitatjis zu fungieren.

"Perfekt. Gut durchdacht.

„Lasst uns auf den Erfolg anstoßen.

Der Beamte reichte der jungen Frau ein Glas Schnaps. Sie haben das Glas zerschmettert.

„Für deine Mission!

„Für den Sieg!

Der Offizier wurde allein in seiner Station gelassen. Durch das Fenster seines Büros beobachtete er, wie die junge Frau davonging. Zwischen den hohen Wedeln breitet die Sonne ihre letzten Strahlen aus.

„Armes Mädchen! So schön, in den Händen der Comitatjis des Balkans zu sterben.

***

Das Rattern der Maschinengewehre war mit ihrem röchelnden Stottern zu hören. Die Stahladler stoppten ihre Angriffe nicht.

Mehrere Männer, die keine Zeit gehabt hatten, Schutz zu suchen, beugten sich auf den Bauch.

Von einigen Felsen geschützt, feuerten die Guerillas, die die höchsten Plätze erreicht hatten, unaufhörlich auf die "Stukas", die ihre Beute nicht im Stich ließen.

Kaum waren die Flugzeuge verschwunden und hatten eine Leichenwelle in ihrem tragischen Kielwasser hinterlassen, tauchten die ersten deutschen Helme auf.

"Schütze dich selbst! Schnell! Die deutschen Soldaten sind da! Sie werden versuchen, uns zu umgeben!

Aber niemand hörte auf diese Warnungen.

Jede Gruppe kämpfte für sich, und diejenigen, die keinen Kapitän hatten, hatten sich auf beschämenden Rückzug durch den Wald verstreut.

Die Welle der Soldaten näherte sich.

Das geordnete Feuer ihrer Gewehre dröhnte in ununterbrochenen Salven, die einen Kugelhagel auf die überfallenen Guerillas warfen, völlig demoralisiert.

Die Granaten fielen in großer Menge auf das Partisanenfeld und richteten enormes Chaos an.

„Wir werden alle sterben!

Ein Motatji-Maschinengewehr eröffnete das Feuer.

Eine Reihe deutscher Soldaten fiel leblos.

Sie waren in einem Rutsch weggefegt worden!

Die Antwort erfolgte umgehend.

Aus der Stadt wurde ein Mörser abgefeuert.

Das Projektil zischte durch die Luft und fiel in volle Partisanenreihen. Das Jammern war herzzerreißend. Sieben Verwundete, völlig verstümmelt, sterbend, und die menschlichen Überreste, verstreut, von fünf weiteren Männern.

Sie griffen sie aus der Ferne an! Wie konnten sie sich verteidigen und antworten?

Das war das Signal für die comitatjis, ihre Verstecke zu verlassen und sich auf die deutschen Soldaten zu stürzen, die sie mit wahnsinniger Wut bedrängten, mit der Rücksichtslosigkeit eines Menschen, der die verzweifeltsten Torheiten begeht, um zu überleben.

Der Kampf war fast Hand in Hand.

Julian sah das Bajonett eines Gewehrs auftauchen und konnte ihm nur um Zentimeter ausweichen, obwohl er der Masse, die den Körper des Soldaten bildete, nicht entkommen konnte. Er schubste ihn und trat ihn dann mit seinen eisernen Stiefeln, ein Tritt, der ihn fast sinnlos machte.

"Immer noch nicht!

Julian hatte in einem instinktiven Versuch, um Verzeihung zu bitten, die Hand gehoben.

Der Soldat hob das Gewehr mit beiden Händen und bereitete sich darauf vor, ihn mit dem Bajonett zu versehen. Eine verirrte Kugel verhinderte seine Aktion. Es hatte seinen Helm durchbohrt und sein Gehirn zerquetscht.

Der Deutsche fiel wie ein umgestürzter Baumstamm.

Julian ergriff sein Gewehr und feuerte wie verrückt und töricht, immer noch geblendet von diesem Tritt in den Unterleib.

Vorsichtig warf er sich zurück auf den Boden, am Boden festgeklebt.

Eine Handgranate explodierte in der Nähe und schleuderte eine Sandwolke auf, die ihn halb begraben ließ.

Er hustete scharf. Er war kurzatmig.

Er ist da rausgekrochen.

Ein Nazi-Offizier näherte sich mit einer Pistole. Ich hatte es nicht gesehen. Ein Guerillakämpfer kreuzte seinen Weg, doch bevor er schießen konnte, hatte ihm der Nazi bereits eine Kugel im Bauch abgenommen.

Als er Julian entdeckte, überging er die tödlich Verwundeten wimmernd. Er feuerte erneut seine Pistole ab, und die Kugel streifte den Kopf des Partisanen.

Julian sah hilflos aus. Etwas geschah mit seinem Gewehr. Vergeblich drückte er immer wieder auf den Abzug.

Der Nazi feuerte noch dreimal vergeblich, und da Julian nicht antwortete, trat er näher, um den Schuss nicht zu verpassen. Er zielte wieder, aber der junge Mann stieß einen lauten Schrei aus, sprang auf ihn und füllte seine Augen mit Erde. Er feuerte willkürlich, aber Julian hatte mit dem Bajonett bereits seine Brust erreicht.

Der Mörser verursachte weiterhin Verluste unter den Comitatjis.

"Rückzug!

Nur die Vertreter zweier Gruppen, Juliáns und einer weiteren serbischen Guerillas, kämpften noch.

Julian wiederholte seinen Schrei:

„Rückzug! Alle in die Wälder!

Und er rannte.

Der Kampf war vorbei.

Die Hälfte der Guerilla lag leblos da.

****

Das Fahrzeug raste die staubige Straße hinunter. Die Nacht war über den Wald hereingebrochen und der Motor schnurrte unerträglich.

Der Jeep knarrte und schien in Stücke springen zu müssen; so war der Zustand der Straße. Tiefe Schlaglöcher und scharfe Kurven.

Der Fahrer schwieg.

Nach einer Stunde Fahrt stoppte der Fahrer das Auto und gab an:

„Der Rest geht zu Fuß.

"Zustimmen.

Sie begannen einen Pfad zwischen den Bäumen entlang. Trockene Äste knarrten unter den Füßen und die Dunkelheit war fast vollständig.

Der Soldat war in der Vorhut gewesen und hatte lange Zeit geschwiegen, als er ausrief:

„Wir sind bereits auf Partisanengebiet!

Als sie eine Lichtung im Wald erreichten, trafen sie sich.

„Meine Mission endet hier. Er verließ sie.

"Zustimmen.

„Geh in diese Richtung. Am Ende findet ihr eine Hütte. Einer von uns wird Ihnen sagen, was zu tun ist.

"Sehr gut.

"Auf Wiedersehen viel Glück!

Lisa wurde allein gelassen. Dieser riesige Wald begann ihm Angst einzuflößen. Er beschleunigte sein Tempo. Die Nachtvögel stießen ihren traurigen Gesang aus und um sie herum pirschten sich tausend Geräusche an und folgten ihr.

Er hatte Angst.

Noch eine Dehnung und er überwand fast seine Angst.

Endlich sah er die Hütte.

In der Dunkelheit, in der Nähe des Hauses, hörte er eine Stimme.

„Bist du der Grieche?

"Ja bin ich...

Er konnte wahrnehmen, wie sich diese Person näherte. Das Geräusch seiner Stiefel, das Knarren trockener Äste ...

"Du bist spät.

„Ich kam so schnell ich konnte.

»Bring deine Papiere in Ordnung, denke ich. Es ist nicht so?

"Ja sicher...

„Meine Güte. Ich spiele mit meiner Haut. Sie ist müde?

"Ein bisschen.

„Umso schlimmer. Es bleibt keine Zeit zum Ausruhen. Geh!

Der Fremde begann schnell zu gehen. Lisa folgte ihm kaum. Sie hatten beide Angst.

Er bedeutete Lisa, still zu sein.

„Es gibt dort mehrere Überwachungspartisanen. Wir müssen einen Umweg machen...

"Zustimmen.

Zwanzig Minuten später fand sich Lisa allein in einem geräumigen Zimmer vor einem Bett wieder, das eine lange Nachtruhe versprach.

Der Mann, der sie dorthin führte, war wieder verschwunden, und am Morgen würde sie von ihrer Verbindungsperson Anweisungen erhalten.

Lisa ging zum Fenster.

Agaesti war eine hübsche Stadt mit schönen kleinen Häusern fast türkischer Architektur, umgeben von Gärten. Auf der düsteren Gruppierung seiner Holzhäuser ragte kein Glockenturm hervor und seine Straßen waren menschenleer.

Lisa streckte sich auf dem Bett aus und versuchte, ihre Nervosität zu beruhigen, begann mit leiser Stimme die Melodie von "Lili Marlén" zu singen, ein Lied, das, von allen Kämpfern gesungen, in hundert verschiedenen Sprachen von einer Seite zur anderen ging .

Endlich ist sie eingeschlafen.

Im Morgengrauen schüttelte sie jemand an den Schultern:

"Aufwachen!

Die junge Frau öffnete die Augen und sah einen großen, kräftigen Mann mit rein walachischen Zügen an.

"Wer bist du?

„Roustchouck ist mein Name.

Diesen Namen hören. Lisa stand auf.

"Ich stehe Ihnen zur Verfügung.

"Hattest du eine gute Reise?

"Gar nicht so schlecht. Vielen Dank!

„Irgendein Missgeschick?

"Nicht.

„Großartig. Dann werden wir so schnell wie möglich mit der Arbeit beginnen.

"Zustimmen!

„Hast du die Sendeausrüstung mitgebracht?

Lisa ging zu einer Aktentasche und öffnete sie. Da war der Apparat. Er ging vorsichtig damit um.

„Funktioniert?

"Ja.

„Dann mach dich an die Arbeit...!

Unterdessen trafen unten auf der Straße immer wieder verwundete und besiegte Partisanen ein.

7

In der Stille von Agaesti wurden die Verwundeten in den zu Lazaretten umgebauten Kasernen versorgt. Dort hatten die Dorfbewohner mit sehr armen Elementen zu kämpfen. Weltliche Kräuterkuren waren in dieser armen Hölle wieder im Vordergrund.

Die alten Dorfarzneimittel, die improvisierten Bandagen aus Stoff, die antiquierten und unwirksamen Arzneien ... Sie alle kämpften auf ihre Weise mit den Waffen, die sie zur Hand hatten.

An diesem Morgen war ein alter Verbrennungsmotor zu hören.

Ein Fahrzeug überquerte den Platz.

Es war ein alter Bauernhof-LKW.

Lisa beobachtete ihn vom Fenster aus.

Plötzlich öffnete sich die Tür zu seinem Zimmer.

Es war Routschouck, der Walachei.

„Schnüffeln?

"Ja. Dieser Lastwagen ...

„Sie kehren aus der Schlacht in Boghasi zurück. Das Fahrzeug muss irgendwo gestohlen worden sein.

„An deiner Art zu sprechen kann ich erkennen, dass du sie verachtest.

„So ist es. Ich hasse sie.

„Gehörst du der Nationalsozialistischen Partei an oder hilfst du uns nur um Geld?

„Glaubst du, ich habe so wenig Charakter? Ich habe meine Ideen und wenn mich Geld anzieht, interessiere ich mich auch für die Möglichkeit, durch loyalen Dienst eine wichtige Person zu werden.

„Und ekelt er sich nicht, seine Kameraden zu verraten?

"Absolut. Spionage ist so: ein rücksichtsloser und grausamer Kampf mit den Waffen der Lüge, Heuchelei ... Ich gehöre wirklich der rumänischen Nazipartei an, der meiner wahren Heimat. Ich bin kein Bulgare, wie viele glauben. Ich habe studierte an der Universität von

Sofia, obwohl ich einen Teil meiner Jugend in meinem Land verbracht habe. Ich war einer der ersten Anhänger von Zeleo Vodreanu, eine Angelegenheit, die mich fast verhaftet hätte. Glaubst du, ich bin nicht mehr wert, als du ursprünglich dachtest? ?

"Ja bitte.

Der Lastwagen hatte in der Mitte des Platzes angehalten und die Insassen sprangen zu Boden.

Lisa hatte vor einem Spiegel gesessen. Er kämmte sich die Haare.

„Routschuck!

"Was?

Wer ist in diesem LKW?

„Es ist die Gruppe oder das, was davon übrig ist, meines größten Feindes.

„Ihr größter Feind? Wer ist es?

Julian Nosdrev.

Lisa wurde blass. Sein überraschtes, aufgebrachtes, besorgtes Gesicht spiegelte sich im Spiegel.

„Was ist los mit ihm? Kennst du ihn?

„Ich habe nicht erwartet, dass er hier ist ...

Was bedeutet er dir?

„Der Secret Service hat mich gezwungen, mit diesem Jungen zu flirten. Ich musste Informationen aus ihm herausholen, aber unser Plan scheiterte. Er war stur. Seine Liebe zu mir war weniger, viel weniger als sein politischer Fanatismus.

"Ich verstehe.

„Ich muss verschwinden. Ich dachte, sie hätten ihn verhaftet. Ein Mann war auf der Mission, ihn im Balkan-Expresszug aufzuhalten, und er scheiterte. Was für ein Idiot! .

„Soll ich verstehen, dass Sie einer Falle des Secret Service entkommen sind?

"Das ist leider richtig...

Routschouck lachte laut.

"Tief im Inneren bewundere ich dieses "Schwein"... Er ist ein Teufel!

„Und was machen wir jetzt?

„Wenn Sie ihn erkennen, kann das unseren Plänen schaden?

"Natürlich.

„Also ist es ein Problem. Es muss definitiv gelöst werden ...

Was ist ein definitiver Modus?

„Wir werden ihn zum Schweigen bringen. Auf diesen Moment habe ich immer gewartet. Ein Schuss zum Tempel und alles war erledigt.

„Nicht! Nicht das!

Routschouck lächelte ungläubig.

„Sentimentalitäten ... An diesem Punkt?

"Das ist es nicht ... Aber töte ihn ...

Der Walachei runzelte die Stirn.

„Erzähl es mir nicht! Ist er der erste Mann, der für seine Sache getötet wurde? Sie haben mir von dir erzählt. Die Spionage der Achsenmächte schuldet dir viel, aber auf Kosten wie vieler Menschenleben, mein lieber Freund? ... Nicht wahr, einige Berichte, und zu Grabe mit denen, die sie kompromittiert haben ... Natürlich! Du hast dir nicht die hübschen Hände schmutzig gemacht ... Es gibt immer jemanden, der dazu bereit ist. Es ist Krieg! Das Interesse einer Nation Spionage, Gegenspionage, Respionage ... und die unendliche Geschichte ...

„Du hast kein Recht, so mit mir zu sprechen.

„In unserem Beruf können wir nicht zweifeln.

„Es ist klug zu zweifeln!

Routschouck runzelte die Stirn.

„Weißt du, was mit uns passiert, wenn der Kuchen entdeckt wird?

"Ich stelle mir vor.

"Ich weiss dass ich werde. Ich habe es oft gesehen. Die Kugeln wären uns eine große Ehre. Aber Bäume und Seile gibt es in diesem Land im Überfluss. Sie würden uns innerhalb von Minuten aufhängen. Solche Gerichte handeln schnell.

Kann ich meine Hände waschen wie Pilatus? Werden Sie es auf sich nehmen, in dieser Hinsicht zu handeln?

"Vollständig.

„Dann mach was du willst.

„Keine Sorge. Tschüss!

Routschouck kam heraus. Jetzt verfolgte ihn das Bild des Todes. Der Wunsch zu töten kochte durch sein ganzes Wesen. Er hatte einen Vorwand gefunden, um den Mann zu ermorden, den er hasste.

* * *

Julian verließ das Dorf. Er hatte fast vierundzwanzig Stunden geschlafen, doch jeder Knochen seines Körpers schmerzte furchtbar.

Ein Spaziergang bei Sonnenuntergang würde nicht schaden.

Ich fange an zu laufen. Er hatte noch einen Teil einer Tabakpille übrig und eine Zigarette vermasselt ... Er dachte an die Welt, die er im College zurückgelassen hatte, dieses wundervolle Mädchen, seine Mutter, die vor Angst in einem Vorort von Sofia dahinsiechen würde.

Hatte er an einer guten Stelle den Namen dieses Kämpfers von 14 hinterlassen, der sein Vater war?

Er hatte bei Boghasi gekämpft, ohne Angst vor der feindlichen Welle zu zeigen. Er hatte seine Angst vor weggeworfenen und verstümmelten Körpern überwunden.

Er hatte gelernt zu kämpfen!

Er erinnerte sich an seine Ausbildung im Schießen mit Waffen. Vor der Gründung der Partisanenbanden waren unter den Studenten bereits Propagandaflyer gegen die Achsenmächte verbreitet worden. Viele waren wie eine Prognose vor einer pro-Nazi-Regierung süchtig. Die Studenten kamen unter dem Vorwand eines Urlaubs an dem geheimen Ort zwischen Bergen an, wo ihnen ein Engländer den Umgang mit allen möglichen Waffen beibrachte. Es war ein Ort in der Türkei. Das britische Kommando hatte Clem Gaëtan als Organisator geschickt, einen bekannten schottischen Helden, der ein Jahr lang mit finnischen Guerillas gegen sowjetische Truppen gekämpft hatte.

Guter Kerl, dieser Schotte!

Er summte oft ein Lied. Wie war das Lied? Hatte er es vergessen? Julian lächelte. Ach nein! Ich erinnerte mich ausführlich an sie:

Wir sind die Armee von Fred Karno.

Wir sind nutzlos!

Wir wissen nicht, wie man kämpft, wir können nicht schießen;

Wozu zum Teufel sind wir gut?

Und wenn wir in Berlin ankommen, wird der Führer sagen:

Was für nutzlose Leute!

Ach! Ach! Mein Gott!

Sie sind die Berzotas der Kavallerie».

Ah! Fred Karnos Armee! Feiner englischer Humor!

Plötzlich unterbrach Julian seine Meditationen.

Er hatte das Geräusch von trockenen Ästen gehört.

Es war immobilisiert.

Er hörte aufmerksam zu.

Jetzt das Geräusch von im Unterholz genagelten Stiefeln ...

Wer könnte es sein? Ein Feind?

Ich war unbewaffnet! Was war er für ein Idiot gewesen! Verlassen Sie das Lager ohne Waffen!

Er beschleunigte sein Tempo. Dann hörte es plötzlich auf.

Neues Betreten von Ästen.

Sie sind ihm gefolgt!

Dieses Mal hatte er fast Angst, wirklich Angst.

Es wurde dunkel.

* * *

Lisa versteckte ihr Gesicht zwischen den Kissen. Etwas nagte an ihm und entfesselte seine gemischten Gefühle. Was geschah eigentlich mit ihm? War es möglich, dass eine Frau wie sie ihrer Erfahrung nach in die Falle getappt war? War sie wirklich in Nosdrev verliebt?

Sie sah auf ihre Uhr. Jede Minute, die verstrich, brachte sie vielleicht einem Gewissensbissen näher, das sie nie loswerden konnte.

Und sie hatte Routschoucks Entscheidung unterstützt!

Vielleicht existierte Julian Nosdrev damals nicht mehr.

Sie stellte sich ihn tot vor, und der Anblick brachte sie an den Rand verzweifelter Nervosität.

Dieser Idiot Routschouck!

I musste etwas machen! Ich musste ihn retten!

Aber ... Was ist mit der Politik? Und die Mission, die er erfüllen musste? Und was war mit dem Secret Service, der ihr sein ganzes Vertrauen geschenkt hatte?

Alles würde verschwinden, sobald sie einen Finger bewegte, um den Mann zu retten, den sie liebte oder zu lieben glaubte ...

Er dachte an den bulgarischen SS-Kommandanten. Dieser Mann würde all seine Wut auf sie auslassen. Niemand hatte sich über ihn lustig gemacht. Es waren fünfzig Jahre Compliance, fünfzig Jahre Ausbildung von Agenten und das Sammeln von Informationen ... Nein! Das konnte nicht in wenigen Minuten durch die Sentimentalität einer Agentin zerstört werden ...

Und doch befahl ihm sein Herz, nach Gewissen zu handeln, ohne zurückzublicken, ohne nach den Konsequenzen zu suchen ...

Lisa Borgsen stand auf und ging zur Tür.

Er konnte nicht, er sollte nicht denken!

Er ging. Er ging schnell die Treppe hinunter und hinaus auf die Straße.

Er ging die Hauptstraße entlang, unter den Schuppen. Dort, im letzten Pavillon, würde er das Oberkommando der Partisanen finden.

Einige stolze und unhöfliche Serben! Ich würde alles gestehen! Ich würde Routschouck denunzieren!

Plötzlich erinnerte er sich an Otto Oberq, den Nazi, die von Hitler befehligte "Ornungspolizei" ... Die Gestapo würde sich dafür rächen.

Plötzlich blieb die junge Frau stehen.

Was hatte er vor? Was für ein Wahnsinn!

Er trat zurück, ging seine Schritte zurück, versuchte, in seinen Unterschlupf zurückzukehren.

Plötzlich traf er mitten auf der Straße auf eine Guerilla.

Lächelnd musterte er sie von oben bis unten.

"Hallo! Ich kenne dich! Dein Gesicht erinnert mich an etwas ...

„Lass mich in Ruhe! Ich habe es eilig!

Die junge Frau machte sich auf den Weg und rannte davon.

Der Guerilla kratzte sich am Kopf.

"Ich kenne sie und weiß nicht woher ... Mal sehen ...

8

Julian Nosdrev blieb stehen. Vor ihm war der Mann, der ihn aufgesucht hatte. Roustchouck.

Der Rumäne zeigte mit einem schwarzen Luger auf ihn. Julian betrachtete die schwarze Mündung der Waffe. Er hatte Angst. Dieser nervöse Finger streichelte den Auslöser.

"Roustchouck! Ist es möglich, dass Sie es sind? Ich dachte, Sie wären süchtig nach unserer Sache ...

Der Rumäne lachte.

„Ich kämpfe nicht für verlorene Sache!

„Was sagst du? Was willst du? Es ist absurd, dass du mich töten willst!

„Es ist logischer, als Sie denken, mein Freund.

Julian trat ein paar Schritte zurück.

"Ich verstehe nicht!

„Hier erstarren! Ich will nicht vorher schießen müssen... Ich rede gerne mit dir... Weißt du?

„Und was wirst du von meinem Tod gewinnen? Verräterisches Schwein!

„Ah! Verräter? Das war das Wort, das ich von dir erwartet habe. Die Tatsache, dass ich dich verrate, ist ungeheuerlich ... Nicht wahr?

„In der Tat... Sie haben Recht. Du widerst mich an! Mir wird übel, wenn ich dich nur ansehe, und wenn du abdrückst, wirst du mich davor bewahren, dein schmutziges, heuchlerisches Gesicht zu sehen.

"Ah! Heuchler! Hier ist noch ein merkwürdiges Wort ... Nun, ich möchte, dass du im Zorn stirbst. Weißt du, wer für die Nazis arbeitet? Weißt du, wer dich verrät? Oh! Natürlich nicht! Du bist unglücklich und du kannst stell es dir gar nicht vor...

„Was zum Teufel meinst du? Ich verstehe nichts!

„Lisa Borgsen gehört dem Geheimdienst an und sie ist hier in Agaesti ...

„Erbärmlich! Du lügst!

56

„Lügen? Also das? Die Wahrheit ist so hübsch!

Zweifel begannen in Julians Gehirn zu brodeln. Nicht! Das konnte nicht wahr sein! Routschouck hat gelogen. Er wollte ihn leiden lassen, bevor er starb, und er hatte diese Lügenkette erfunden ... Und doch ... Warum? Warum hat es ihn getötet?

Julian sah, dass sein Feind etwas abgelenkt war. Es war der Moment. Hinter ihm war eine Böschung. Er sprang zu Boden und rollte sich hinunter.

Es war eine Sache von wenigen Sekunden.

Routschouck gefeuert.

Das Geräusch hallte durch den Wald.

Julian rannte verzweifelt durch die Bäume.

Er war noch unverletzt!

Sein Feind machte sich auf, ihn zu verfolgen.

Beide rannten mit aller Kraft ihrer Beine.

Julian hörte auf zu keuchen. Ein neuer Schuss ertönte und das Projektil bohrte sich in die Rinde eines Baumes ...

Der Wald wurde dichter und dichter. Routschouck konnte den Partisanen kaum noch sehen. Er umging immer wieder die Bäume hinter sich.

„Du wirst nicht entkommen, du verdammtes Ding!

Julian bahnte sich schweißgebadet seinen Weg durch das Unterholz. Äste und dornige Pflanzen schmerzten ihn an verschiedenen Stellen seines Körpers, doch in seiner Aufregung bemerkte er es kaum. Er wusste, dass der nächste Schuss das Ziel treffen würde, und er war müde, erschöpft und begann ein Schatten seiner selbst zu werden.

Ich wollte ihn gleich einholen!

Er schöpfte Kraft aus dem Nichts und setzte seine Flucht fort.

Er rannte blindlings davon, verwundete sich den Kopf in den niedrigen Ästen, ohne aufzuhören, zurückzublicken ...

Es fiel und stieg wieder auf.

Manchmal kroch es an diesen üppigen Orten auf allen Vieren.

Er hörte die Stiefel seines Feindes. Auch er musste sich im Gebüsch verheddern.

Großer Gott! Es holte ihn ein!

Er rannte wieder. Er war an einen sumpfigen Ort gekommen. Der Gestank des Sumpfes war fürchterlich und Moskitos fielen ihm ins Gesicht.

Er plätscherte im Pfützenwasser.

Sein Feind näherte sich.

Jeden Moment würde er dort hinter den nächsten Büschen wieder auftauchen.

Er legte sich in eine große Pfütze. Der üble Geruch dieses Wassers würde ihn ersticken.

Er sah Routschouck. Er schwankte wie ein Narr. Müdigkeit hatte ihre Beine gebeugt.

Julian tauchte seinen Kopf ins Wasser, nachdem er seinen Lungen so viel Luft wie möglich zugeführt hatte.

Der Rumäne rückte langsam vor.

Seine scharfen, durchdringenden Augen huschten von einer Seite des Sumpfes zur anderen.

Er hörte ein verdächtiges Geräusch und näherte sich der Stelle, an der sein Feind, vom schlammigen Wasser bedeckt, perfekt getarnt war.

Plötzlich fühlte er sich von den Füßen gepackt und fiel flach aufs Gesicht.

Die Waffe fiel ins Wasser.

Vergeblich versuchte er es zu nehmen.

Plötzlich packten Hände ihre Kehle.

Die beiden Männer rollten in der Pfütze mit heftigen Ausrufen und erbärmlichem Stöhnen.

Julian schlug hart auf den Kiefer seines Gegners. Er ist nach hinten gefallen.

Wieder stürzte sich Julian auf ihn, spürte jedoch, wie eine stachelige Sohle gegen seinen Bauch drückte und ihn mit einem kräftigen Tritt umwarf.

Beide standen wieder auf.

Sie waren wahnsinnig vor Schmerz!

Jetzt waren fast alle seine Schläge in der Luft verloren.

Sie fingen sich wieder ein und rollten sich am Boden.

Es war ein Kampf auf Leben und Tod!

Routschouck war stark und muskulös. Also musste Julian die Verzweiflung seiner Nerven der rohen Gewalt seines Gegners stellen.

Sie schlagen sich auf die barbarischste Weise, versuchen mit den Nägeln an die Augen und mit den Füßen an den Unterleib zu gelangen.

Schließlich schien für Julian alles verloren.

Sein Feind hatte ihn zwischen seinen Knien eingekerkert und seine knochigen Hände umklammerten seine Kehle mit aller Kraft.

Julian spürte, wie seine Sicht verschwamm.

Nach und nach verließen ihn die Kräfte.

Seine Kehle brannte und seine Lunge drohte zu zerplatzen.

In einem instinktiven Versuch glitt eine von Nosdrevs Händen ins Wasser. Seine Fingerspitzen fuhren eifrig durch den Schlamm.

Die Waffe war dort gefallen!

Noch ein Versuch!

Routschoucks Finger pressten sich weiter in ihre Kehle. Diese Nägel waren lang und scharf, und der Schmerz trieb ihr die Tränen in die Augen.

Er biss die Zähne zusammen. Er musste widerstehen.

Schließlich stießen seine Finger gegen einen Metallgegenstand.

Das Glück verließ ihn noch nicht!

Ein Schuss fiel.

Ein erschrockenes Vogelflattern folgte dem Geräusch der Waffe.

Routschouck, mit großen Augen, ungläubig, erschrocken, versuchte aufzustehen.

Immer noch seinen Feind anstarrend, wich er zurück. Er wackelte, ohne das Gleichgewicht zu verlieren ...

"Nicht nicht!

Julian Nosdrev, immer noch rotäugig, sah die dunkle Masse des Rumänen, die schwankend umfallen wollte.

Dann, als seine Sehschärfe wiedergewonnen war, entdeckte er in dem Verwundeten die Grimasse unendlicher Angst.

Routschouck legte ihm die Hand auf die rechte Schulter, und als er sie zurückzog, sah er die Handfläche blutüberströmt.

Er hielt es für eine leichte Verletzung. Mit List konnte er sich noch retten ...

Es war einen Versuch wert!

„Nicht schießen! Ich werde dir alles gestehen.

Nosdrev zuckte die Achseln.

Routschouck wiederholte diese Bitte noch einmal mit Entsetzen in den Augen.

"Ich erzähle dir alles ...; aber schieß nicht.

Der Rumäne war auf die Knie gefallen und sein ganzer Körper zitterte.

„Gestehen? Was wirst du gestehen? Ich weiß schon zu viel!

„Die Sache mit Lisa Borgsen. Es ist eine Lüge, dass er hier in Agaesti ist; Ich habe es mir nur ausgedacht, um deinen Seelenfrieden zu zerstören ... Es ist alles falsch ...

Ideen kreisten in Julians Gehirn.

„Und warum hast du mich angegriffen? Warum wolltest du mich töten? Was zum Teufel hast du vor?

„Ich wollte die Führung der Gruppe wegnehmen. Merken? ... Ich war immer ... neidisch auf dich. Du hast eine Gabe für ... Menschen, die mir immer gefehlt hat. Immer umgeben von ... Freunden ...

Routschouck hustete heftig. Seine Zähne klapperten. mir war kalt...

"Loyale Genossen ...", fuhr er fort. Ich wusste nie, was eine aufrichtige Freundschaft bedeutet ... Immer hassen, beneiden alle ...

Julian Nosdrev runzelte die Stirn.

„Versuchst du, eine Sentimentalität in mir zu wecken? Ich bin erst seit ein paar Tagen in diesem Krieg, aber mich bewegt nichts mehr. Du hast mich verraten und das kann ich nicht vergessen Meine Worte hätten es nie verhindert. Jetzt ist alles nutzlos, was du mir erzählst. Ich werde dich töten und du weißt es!

"Nicht! Nicht! Ich schwöre dir beim Allerheiligsten ... Ich werde vor Gericht stehen ... Habe Mitleid ... Respektiere mein Leben ...

Julian Nosdrev lächelte bitter.

„Respekt dein Leben? Würde ein Kriegsgericht es Ihnen gewähren? Bist du verrückt! Eine Kugel erspart uns allen Ärger und Sie müssen sich nicht aufhängen.

„Bring mich ins Lager ... Jemand wird sich darum kümmern, mich zu verteidigen.

„Hast du mich von jemandem verteidigen lassen?

Wut blendete Julian.

Er hatte so viel Heuchelei satt.

Noch immer füllten Roustchoucks Fingernägel Kratzer in seiner Kehle.

Konnte nicht. Er darf nicht zögern!

Er hat wieder geschossen.

Roustchouck stieß einen herzzerreißenden Schrei aus und krümmte sich ...

Die Kugel hatte seinen Bauch getroffen.

Er legte beide Hände auf seinen Bauch.

„Ich sterbe! Es ist schrecklich!

Roustchouck hatte das Gefühl, als würde ein Feuer seine Eingeweide verbrennen und ihn immer wieder aufstöhnen lassen.

Bereue, wenn du an Gott glaubst. Dein Leben geht zu Ende. Sie haben die Strafe bekommen, die Sie verdienen.

„Schwein! Befreie mich von diesem Schmerz! Beende deine Arbeit!

„Es ist nicht meine Arbeit, sondern deine!

Julian feuerte zum dritten Mal.

Roustchouck wurde nach hinten zu Boden geworfen.

Ein Projektil hatte seinen Schädel durchbohrt.

Julian Nosdrev betrachtete die Leiche einige Minuten lang.

Da war sein Opfer, zusammengekrümmt, gebeugt wie ein Ungeziefer, im stinkenden Schlamm dieser dunklen Sümpfe, die von Moskitos bevölkert waren.

Die Krähen ließen nicht lange auf sich warten. Sobald er dem Sumpf den Rücken kehrte, kamen die schwarzen Vögel herunter und schmausten sich wie auf den Schlachtfeldern. Verdammter Krieg! Sie waren alle blind!

Nun missbilligte der Partisan seine Aktion. War er so brutalisiert worden? Roustchouck war schließlich ein Mensch.

Julian Nosdrev begann, dieses Moor zu verlassen. Alles schien ihm absurd. Der Mann, das Leben, der Krieg und vor allem die Veränderung, die er mit dem Gewehr in der Hand erlebt hatte.

Warum weiter kämpfen?

Da waren Bulgarien, König Boris, Führer Hitler, Marschall List und ein Labyrinth von Männern und Waffen.

9

„Und bist du dir sicher, dass sie es war?

Der Partisan zuckte die Achseln.

„Wie kann ich daran zweifeln? So ein Gesicht vergisst man nicht so leicht.

Julian Nosdrev ging nervös von einer Seite des Raumes zur anderen. Er rauchte eine Zigarette, und Besorgnis strahlte in seinen Augen.

"Es ist in Ordnung.

Julian sah dann einen reifer aussehenden Mann mit einem schlaffen und zufriedenen Gesicht an, der wahre Ruhe an den Tag legte. Es war der Chef der Agaesti-Partisanen.

„Was Roustchouck gesagt hat, war also wahr!

„Lass uns nichts überstürzen, Freund Nosdrev ... Wir haben keine Beweise gegen sie. Außerdem kann es in der Stadt noch andere Spione geben, und wir müssen vorsichtig sein, wenn wir sie fangen wollen.

"Du hast recht...

„Nun ... hast du irgendwelche Ideen?

"Nicht. Sie ist eine Agentin von Sofia ... und erwartet daher Roustchoucks Vertrauen, um es der Hauptstadt zu übermitteln.

„Tatsächlich ist es. Aber ... Wie können Sie es beweisen?

„Du musst ihm eine Falle stellen. Fang sie bei ihrem eigenen Spiel. Jage sie mit den gleichen Waffen ...

"Was bedeutet das?

"Ich habe zugehört. Ich gehe auf eine Mission ... anscheinend. Wir werden mehrere falsche Dokumente erstellen ...

"Zu welchem Ende?

„Es werden geheime Informationen sein, die für die griechische Regierung und ihre Widerstandstruppen bestimmt sind ...

Nosdrev ging zu einer Karte, die an der Wand befestigt war.

„Wir werden eine Route aufzeichnen, der wir folgen müssen. Ich selbst werde mit einer Patrouille aufbrechen, um zu Punkt X zu gehen, wo eine imaginäre griechische Verbindung auf mich wartet ...

„Ich verstehe. Und was wird das nützen?

„Das ist das Fundament des Plans.

Julian näherte sich dem Schreibtisch.

„Haben Sie Bleistift und Papier?

"Ja, hier hast du es.

Nosdrev begann zu schreiben:

„Aufgrund der starken Umstände ist es mir unmöglich, in die Nähe der Stadt zu kommen. Die Mission, Nosdrev zu eliminieren, ist bereits erfüllt. Sie müssen sich keine Sorgen machen. Jetzt muss ich dir einen Auftrag erteilen:

«Überträgt ohne Zeitverlust folgenden Bericht:

Morgen früh wird eine Patrouille Agaesti verlassen. Sie tragen Dokumente zur Übergabe an Mitglieder des griechischen Widerstands. Sie sind uns extrem wichtig.

Julian reichte das Papier seinem Vorgesetzten.

»Nun ... durchsuchen Sie Roustchoucks Gepäck. Sie werden zweifellos etwas in seiner eigenen Handschrift finden. Lassen Sie diesen Text von einem Spezialisten kopieren und ein Guerillakämpfer bringt ihn zu dem Haus, in dem Lisa Borgsen lebt. Es ist auch praktisch, dass sie eine Überwachung montieren. Vielleicht versuche ich zu fliehen, obwohl ich das nicht glaube, während ich mir einbilde, dass ich tot bin und Roustchouck noch lebt.

Julian Nosdrev spürte einen Klaps auf den Rücken.

"Enttäuscht ... Richtig?

"Ja.

„Hast du sie sehr geliebt?

"Ganz.

"Liebe ist nicht für uns gemacht, glaub mir ... Wir haben keine Zeit zu lieben ...

"Es ist wahr. Es gibt keine Zeit für das, was normale Menschen Gefühle nennen ...

Und welches Heilmittel? Der Krieg hat mein Herz durch ein Stück Stein ersetzt ... Was werden wir tun? Die Welt ist so und wir können sie nicht ändern. Wir hassen, bis dieser Hass zu einer extremen Notwendigkeit wird ... Wenn keine Gefühle mehr da sind, umso schlimmer für unsere Feinde ...

Nosdrev nickte.

„Ich werde morgen früh abreisen! Wählen Sie gute Männer!

"Sie werden Ihre Patrouille bereithalten ... Aber ... Ist Ihnen jemals in den Sinn gekommen, dass Sie bei diesem Versuch, einen Beweis gegen Lisa Borgsen zu haben, Ihre Haut verlassen können?"

„Das ist mein Ding. Die Männer, die mir bei diesem Abenteuer folgen, werden Freiwillige sein. Es ist einen Versuch wert!

"Ah! Es wird zweifellos eine äußerst anregende Show für Männer. Es wird das erste Mal sein, dass hier eine schöne Frau als Spionin hingerichtet wird ...

„Wenn wir seine Schuld beweisen ...

„Wie? Zweifelst du noch?

„Ja. Ich habe Recht. Ich war verliebt. Schon vergessen?

„Nimm Zigaretten für die Reise mit. Sie werden sie brauchen, um Ihre Nerven zu bändigen ...

„Das werde ich tun. Danke!

* * *

Der Lastwagen raste die staubige Straße hinunter, die von Schlaglöchern übersät und mit Kieselsteinen übersät war.

Im Vorbeifahren ließ das Gefährt das Klappern seiner nach allen Seiten losen Metallplatten und das Surren seines alten Motors ...

Auf äußerst rustikale und improvisierte Weise hatten Nosdrevs Männer den Lastwagen in ein gepanzertes Fahrzeug verwandelt, wenn man das so nennen konnte.

Sie hatten zwei große Stahlplatten gelegt, die die Kiste derselben nach Art eines doppelt geneigten Daches bedeckten. Im Heck war ein Feldmaschinengewehr stationiert, und in die Platten waren Schießscharten gebohrt worden.

Auf diese Weise wurde dieses seltsame Gerät, das in einer Zeit des Experimentierens einer Maschine ähnelte, auf dem Weg zu einem imaginären Ort auf diese verlassene und unebene Straße geworfen.

Die Landschaft war traurig. Auf der einen Seite der Fluss, an dessen anderem Ufer sich der steinige Arm eines Kaps uneben und uneben erstreckte, eine Masse rötlicher Felsen, bedeckt mit sandiger Erde und hoher Heide, ins Wasser ragte.

In der abrupten Biegung des Flusses, einige Kilometer tiefer, ragte ein riesiger Felsen vor, wo die Ruinen einer alten Festung, die von einem Turm dominiert wird, noch stehen ...

Auf der anderen Seite erstreckte sich eine steinige Ebene, eine blassgrüne Wiese, die bis zu den Bergen am Horizont reichte ...

Julian, der neben dem Fahrer saß, war nachdenklich. Er bemühte sich wirklich, seine Erinnerungen zu meistern. Das Bild von Lisa Borgsen verfolgte ihn ständig. Wie kann man diesem Albtraum entkommen?

Es war absurd zu versuchen, die Vergangenheit zu vergessen, wenn sie noch frisch im Kopf des jungen Mannes war. Die Erinnerung an seinen "Flirt" kehrte mit all ihrer romantischen Unermesslichkeit, mit all der affektiven Intensität zurück und verfolgte ihn.

Er seufzte tief.

Er konnte noch deutlich die Studentennachmittage erahnen, wenn die junge Frau ihm vielversprechende Liebkosungen und Worte zusprach, an die es nicht schwer war zu glauben.

„Schauen Sie, Chef ...

"Was ist es?

„Das Schloss von Marrasis ... Hast du noch nie davon gehört?

"Nein niemals...

„Jetzt sind nur noch Ruinen übrig. Während des Unabhängigkeitskrieges widerstand eine Handvoll Patrioten dem Angriff der Osmanen zwei Jahre lang ... Können Sie sich das vorstellen? Es war eine großartige Festung!

"Komischer Ort!

„Sehr gut für einen Hinterhalt. Meinst du nicht?

"Kann sein!

„Glaubst du, sie werden uns angreifen?

"Das ist das Unbekannte, das wir klären müssen ...

Julian Nosdrev kehrte zu seinen Meditationen zurück. Ich wünschte, es wäre nichts passiert. Wie gerne hätte ich mich geirrt!

Wenn nichts passierte und die Mission reibungslos verlief, würde Lisa Borgsen ihr Leben retten.

Die Gerechtigkeit der Comitatjis würde versagen!

Der Lastwagen wurde langsamer.

Nosdrev sah den Fahrer an.

"Was ist los?

„Diese Straße ist fast unpassierbar. Ich habe Angst um die Achsen...

Julian sah aus dem Fenster.

Nichts. Einsame Orte!

Ruhe überall!

„Du kannst keine Seele sehen!

"Bist du dir sicher? Schau da ...

In der Mitte der Straße stand ein Mann mit einer Maschinenpistole in der Hand. Er trug eine Pelzmütze, Hosen der bulgarischen Armee und halbhohe Stiefel.

Am Straßenrand stand eine Hütte aus Decken und Schilf ...

„Hey! Wer sind sie!

"Wer weiß ...

„Es verringert die Geschwindigkeit.

Die Straße bildete eine lange Gerade. Der Fremde gab dem Fahrzeug ein Zeichen zum Anhalten ...

„Was machen wir, Boss? Muss ich aufhören? Erwecken diese Typen nicht Vertrauen in mich?

Fünf weitere Männer waren aus der Hütte gekommen.

Es waren ungefähr fünfzig Meter, um sie zu erreichen.

Nosdrev gab zu, dass sie alle Kleidungsstücke der bulgarischen Armee trugen ...

„Hör nicht auf! Es könnte eine Falle sein!

"Was ich mache?

"Beschleunigen!

Der Fahrer trat aufs Gaspedal und das Fahrzeug erhöhte schnell seine Geschwindigkeit.

Diese seltenen Individuen sprangen in die Gosse und stießen tausend Schreie und Flüche aus.

Einer von ihnen hatte geschossen und seine Kugeln zersplitterten die Windschutzscheibe. Von Wut getrieben, hatte er sich nicht beherrschen können.

„Warum haben wir nicht aufgehört, Boss? Es waren nur fünf!

„Wir können es nicht riskieren. Es könnte eine Falle sein. Ich mag es nicht, Fremde hinter meinem Rücken zu tragen.

„Hast du eine Ahnung, wer sie sein könnten?

„Woher weißt du das? Vielleicht waren es nur Deserteure, die sich uns anschließen wollten ...

Der LKW setzte seine Fahrt fort. In der hinteren Schublade sangen und scherzten die Partisanen über das Geschehene.

Prächtige Moral dieser Männer!

Die Straße verlängerte sich weiter über eine weite Ebene, eine Gerade, die sich am Horizont verlor ...

"Bleib ruhig, Chef...

"So ist das. Jedenfalls kann uns die Ebene immer eine böse Überraschung bereiten ...

"Es ist wahr. Ich erinnere mich einmal ...

„Halt die Klappe! Was ist das?

Der Chauffeur betrachtete die Stelle, auf die Nosdrev hingewiesen hatte.

„Es ist ein Flugzeug!

"Was?

Es lag ein Summen in der Luft.

Ein Doppeldecker tauchte im Weltraum auf.

„Maschinengewehr uns! „Schrie der Chauffeur, der von einer gewaltigen und plötzlichen Panik belästigt wird.

„Sei nicht dumm! Kannst du nicht sehen, dass es ein Aufklärungsflugzeug ist?

"Ein Flugzeug?

„Sicher. Bleiben Sie fest hinter dem Steuer!

Der Chauffeur trat wieder aufs Gaspedal.

Das Flugzeug verlor an Höhe und flog wie ein Raubvogel auf das Fahrzeug zu.

„Hey! Wohin geht der Pilot?

Das Gerät fuhr tief über das Fahrzeug. Der Fahrer verlor die Richtung und trat auf die Bremse.

Der Lastwagen blieb mit zwei seiner Räder im Graben liegen, gekippt, während seine Insassen ihn verließen, aus Angst, dass er umkippen könnte.

Das Flugzeug entwickelte sich, als ob es die Gruppe beobachtete, und entfernte sich dann am Horizont.

Währenddessen verfluchten die Partisanen den Fahrer für seine Ungeschicklichkeit ...

10

Nicht ohne Mühe kamen die zwölf Partisanen der Patrouille, um das Fahrzeug aufzustellen. Seine Missgeschicke waren jedoch noch nicht zu Ende ...

Als der Lastwagen wieder losfuhr, rief jemand:

"Hier kommen Sie!

Julian richtete sein Fernglas auf diesen Ort.

„Verdammt noch mal! Wer sind das jetzt?

Der junge Mann hatte eine kompakte Gruppe von Reitern ausgemacht, die sie angriffen ...

„Achtung! Alle bereit! Sie greifen uns an!

Julian beobachtete seine Feinde. Ich konnte ihre grünlichen Helme und Uniformen sehen ...

„Das sind die Ungarn!

„Ungarn, Chef?

"Ja. Ich hatte von ihnen gehört ... Ihre Kavallerieregimenter sind berühmt geworden ...

„Sollen wir jetzt schießen?

„Nicht! Lass sie näher kommen!

Der Lkw setzte seine Route fort.

Hinten, hinter den Stahlplatten, machten die Partisanen ihre Gewehre bereit, die in die Schießscharten zeigten ...

Zwei von ihnen machten das hintere Maschinengewehr bereit.

Julián holte eine Maschinenpistole heraus, die er unter dem Sitz der Kabine versteckt hatte, und steckte sie aus dem Fenster.

"Bereit! Schärfen Sie Ihr Ziel!

Die Reiter näherten sich in vollem Galopp.

Höchst geschickt feuerten die Soldaten ihre Waffen auf das Auto ihrer Gegner ab ...

Julian wartete noch ein paar Sekunden.

Sie machten sich bereit zu schießen!

Es war der Moment!

"Feuer!

Die Detonationen hallten im Weltraum wider.

Bei der ersten Salve verloren mehrere Pferde ihre Reiter ...

Begeisterungsrufe stiegen aus den Kehlen der Partisanen ...

Der Chauffeur gab Gas.

Der Motor kreischte. Es schien explodieren zu müssen.

Die Angreifer waren zurückgeblieben.

Nun jagte die Gruppe ungarischer Soldaten sie etwa zwanzig Meter entfernt.

„Das Maschinengewehr!

Die Pistole begann mit einem teuflischen, unaufhörlichen Rasseln ihre Kugeln zu erbrechen.

Diesmal trafen die Geschosse Soldaten und Reittiere.

Das sorgte bei den Angreifern für Verwirrung.

Sie verließen den Schießstand des Maschinengewehrs, um sich neu zu organisieren ...

„Ich denke, das können wir loswerden! rief Julian und legte einen neuen Kamm auf seine Waffe.

Der Fahrer seufzte kopfschüttelnd.

„Glaub es nicht! Schau nach vorn!

"Was?

Mehrere Reiter griffen den Lieferwagen des Lastwagens an.

"Feuer!

Julian feuerte durch die Windschutzscheibe. Einer der Reiter, der mitten in den Schädel getroffen wurde, fiel nach hinten, sein Stiefel verfing sich im Steigbügel. Das Wildpferd zerrte ihn über die Wiese ...

Ein Kugelhagel fiel auf die Kabine des Fahrzeugs.

Der Chauffeur schrie und stieg vom Steuer ab.

Er war durchlöchert!

Julián, der sich vor dem sicheren Tod gerettet hatte, indem er sich unter die Masse des Motors kauerte, sprang, um die Steuerung des

Lastwagens zu übernehmen, was er wiederholt übernahm, bevor er wieder die Richtung übernahm.

„Hier kommen sie wieder! Feuer!

Eine neue Salve verlangsamte den Vormarsch der Pferde.

Einige Soldaten, tödlich erschossen, fielen zu Boden.

Die Reiter hatten erkannt, wie schwierig es war, sich diesen Männern gut geschützt von hinten zu nähern, vor allem wegen des Maschinengewehrs.

Plötzlich trat Julian voll auf die Bremse, doch das Fahrzeug rutschte mit quietschenden Rädern ins Schleudern und prallte gegen einen Stein.

Der Chef der Partisanen verließ seine Kabine und legte sich mit dem Maschinengewehr in der Hand auf den Boden.

„Lass niemanden deine Seite verlassen!

Viele der Soldaten stiegen ab, und auf Befehl eines Offiziers näherten sie sich gebückt, versteckt in einigen Unebenheiten des Geländes, nicht weit von der Straße entfernt.

"Feuer!

Eine geschlossene Salve fiel auf die Stahlplatten.

Die Antwort der Comitatjis erfolgte umgehend.

Aus den Schießscharten ragende Gewehrmündungen trugen drei Ungarn voraus.

Wieder rasselte das Maschinengewehr.

Die Soldaten mussten sie zum Schweigen bringen!

Ein Helm rutschte über den Boden. Julian feuerte wiederholt auf ihn, ohne Erfolg.

Der Soldat stand auf. Jetzt war es mehr als nur ein Helm. Ein leichtes, glitschiges Menschenbündel.

„Der! Schieß den! Nimm eine Granate!

Die Warnung kam spät. Der Soldat rannte im Zickzack und warf mit aller Kraft die Granate.

Julian holte ihn ein, und die Kraft seines Armes ließ mit der Klaue des Todes nach ...

Der Soldat fiel auf sein Gesicht und die Granate explodierte einen Schritt vom Fahrzeug entfernt ...

Julian Nosdrev sah, was passieren würde.

Der Zaun wurde enger!

„Alle draußen! Schnell!

Die Männer haben es nicht verstanden.

„Das ist ein Befehl! Alle runter! Der Truck wird explodieren!

Diesmal kam die Bestellung sofort. Die Comitatjis verließen das Fahrzeug und warfen sich flach auf den Boden, um sich zu schützen.

Ein Schock machte das Leben von vier von ihnen blind.

Die Lage könnte kritischer nicht sein.

* * *

Lisa Borgsen zündete sich eine Zigarette an. Seine Hände zitterten. Nachdenklich inhalierte sie den Rauch. Vor seinem kleinen Sendegerät blieb er einen Moment regungslos stehen. Ich hatte wirklich Angst und die Nachricht war kein Wunder:

Onkel Anastasius ist tot. Kommen Sie fliegen.

Das war das Gefahrenzeichen. Etwas stimmte nicht oder sein Leben war in Gefahr ...

Er musste gehen!

Lisa Borgsen ging zu ihrem Koffer hinüber. Er öffnete es und wühlte ein paar Sekunden darin herum ...

"Hier ist es! Mein guter Freund...!

Er zog eine Pistole heraus und untersuchte sie sorgfältig. Er nahm das Magazin heraus, um es zu überprüfen und legte es wieder ein.

Alles war geplant, wenn dieser Fall käme!

Er würde fliehen, diese Stadt und die Mission, die ihn dorthin geführt hatte, verlassen.

Jetzt war schon alles nutzlos!

Es blieb nur der Versuch, sein Leben zu retten. Er würde mitten in der Nacht durch den Wald gehen und versuchen, zum Luftwaffenstützpunkt zu gelangen ...

Wenn er doch nur ein Fahrzeug stehlen könnte!

Verdammte Partisanen!

Er steckte die Pistole in die Manteltasche und kramte wieder in der Aktentasche. Jetzt holte er eine kleine Metallkiste heraus. Als ich es öffnete, erschienen die Kapseln ...

Er nahm einen zwischen die Finger.

Zerbrechlich und leicht wie ein Karamell.

Es konnte im Mund behalten werden, und erst wenn es mit den Zähnen geschnitten wurde, erschien das Gift.

Der Tod war augenblicklich.

Ja. Das waren die Anweisungen, die er von seinen Vorgesetzten bekommen hatte. Sie wusste viele Dinge. Sie kannte sogar Details zu hochrangigen Militärgeheimnissen.

Wenn sie erwischt wurde, konnte sie nicht zweifeln.

Er ging zum Fenster.

Die Straße war menschenleer und es regnete in Strömen. Die Fäden des Wassers waren auf den Fliesen und an den Fenstern zu hören ...

Mit dieser Zeit muss man raus!

Sie zog ihren Mantel an, band sich einen Schal über den Kopf und öffnete die Schlafzimmertür.

Auf der Treppe war niemand zu sehen.

Es war der Moment.

Er stieg langsam ab, Schritt für Schritt, mit allen fünf Sinnen aufmerksam ...

Der Regen verstärkte sich zeitweise und die Strahlen erhellten den Raum ...

Lisa erreichte das untere Ende der Treppe.

Plötzlich hörte es auf!

Jemand hatte sich in der Nähe der Tür bewegt.

Ihre Finger suchten mechanisch nach der versteckten Waffe in ihrer Manteltasche, und ohne sie herauszunehmen, streichelte sie sie, nur um ihr Selbstvertrauen zu wecken.

Er ging auf die Straße und war überrascht, niemanden zu sehen.

Vielleicht war es alles seine Einbildung!

Er bewegte sich unter den Veranden.

Dahinter waren Stimmen und Lieder zu hören.

Es muss die Taverne sein.

„Hoch! Ruhe dort!

Lisa sah auf die Stelle, von der die Stimme gekommen war.

Ein Partisan, voll gekleidet, zielte mit einem Gewehr auf sie ...

"Was ist los?

"Dokumentation.

Lisa beobachtete ihn einen Moment lang, bevor sie gehorchte.

„Warum? Was passiert?

"Dokumentation! Schnell!

Lisa durchsuchte ihre persönlichen Habseligkeiten.

Hier ist mein Pass.

„Ah! Ausländer?

"Ja.

"Griechisch?

„Er kann nicht lesen?

„Alles scheint in Ordnung zu sein. Wohnt eine andere Frau in diesem Haus?

„Warum? Was ist passiert?

„Ich habe den Befehl, Lisa Borgsen zu verhaften. Kennst du sie?

Lisa schüttelte den Kopf.

„Nun... du kannst gehen!

Die junge Frau setzte ihren Marsch fort. Er war noch nicht weit, als der Posten befahl:

„Hör zu! Komm zurück!

Der Partisan hatte seine Beschreibung mit den Gesichtszügen des Mädchens verglichen. Wie zwei Tropfen Wasser! Es gab keinen Zweifel! Die Dokumente waren falsch!

Lisa merkte, dass sie entdeckt worden war und fing an zu rennen.

Der Posten zögerte einige Sekunden, bevor er ihr folgte. Dann wurde entschieden...

„Hoch! Hör auf oder ich schieße!

Lisa ignorierte es. Sie konnten sie nicht fangen!

Er rannte weiter die Straße entlang.

Er drehte sich um.

Der Posten holte ihn ein.

Auf beide fiel eine Wasserhose und ihre Füße rutschten auf dem Kopfsteinpflaster aus.

Lisa richtete ihre Pistole auf den Partisanen und feuerte fast aus nächster Nähe ...

Der Posten rollte auf das Kopfsteinpflaster. Er lag regungslos mit dem Gesicht nach unten, während der Regen die ganze Wut seiner flüssigen Fäden auf ihn entfesselte.

"Hoch!

Auf dem nassen Boden der Straße ertönte eine andere Stimme und ein neues Geräusch von Stiefeln.

Lisa fing wieder an zu laufen.

Ein Partisan richtete sein Gewehr auf sie.

Es konnte nicht scheitern.

Jemand senkte die Waffe auf ihn.

„Trotzdem! Wir müssen sie lebend fangen!

11

Die Kämpfe hatten für die Partisanen ein beängstigendes Aussehen angenommen. Die Kugeln hatten sechs der Männer getötet, und die restlichen sechs waren wie Spielzeug aus einem eindeutig verlorenen Kampf...

Diese Ungarn im Dienste des Führers vermehrten sich von Minute zu Minute.

Eine Granate sprengte den Lastwagen in tausend Stücke. Die Flammen stiegen auf, vermischten sich zu schwarzen Rauchwolken und das Geräusch der Explosion war mehrere Kilometer entfernt zu hören. Die Benzintanks waren voll...

„Sie sind gefangen! Ergebt euch!

Es war eine klare Warnung von einem Offizier.

Einer der Partisanen starrte Nosdrev an und suchte nach seiner Entscheidung ...

"Du bist der Boss. Was machen wir?

„Ich weiß nicht, was ich tun soll. Sie werden uns sowieso fertig machen.

„Werden sie uns töten, wenn wir uns ergeben?

„Es ist logisch, dass sie es tun.

"Jedoch...

„Komm nicht drum herum, Junge. Wir haben keine Flagge oder Uniform und das ist gleichbedeutend damit, als Spione erschossen zu werden.

„Was ist, wenn wir nicht aufgeben?

„Wir haben kaum die Kraft zum Schießen!

„Das ist noch nicht alles. Die Munition geht zur Neige.

Und es sind viele. Sie werden uns umzingeln und wir werden erschossen sterben ... Es gibt kein Entkommen. Auf jeden Fall können einige von ihnen, wenn wir uns ergeben, ihr Leben retten, wenn sie sie als Tausch verwenden ...

"Ein Handel?

„Das heißt. Wir haben Nazi-Gefangene. Wer weiß, ob sich die Dinge zu unseren Gunsten entwickeln werden?

"Wir werden es versuchen!

Die Stimme eines Offiziers wiederholte die Warnung.

„Gebt euch mit erhobenen Händen hin! Es ist absurd, dass sie versuchen, Widerstand zu leisten. Sie sind umzingelt!

Die Ungarn sahen Julian Nosdrev erscheinen, die Hände auf dem Kopf, langsam auf seine Feinde zurücken, gefolgt von vier seiner Männer ...

Und der sechste ließ sich von Angst überwältigen und floh, rannte wie verrückt und ließ sein Gewehr fallen ...

Die Soldaten feuerten.

Er machte nicht mehr als ein paar Schritte.

Sie haben es trocken gelassen.

***

Lisa Borgsen war verloren. Er feuerte mehrmals seine Pistole ab, aber seine Kugeln gingen in der Luft verloren.

Seine Verfolger hatten ihn umzingelt.

Jemand hat bestellt:

„Erschieß sie nicht! Du musst sie lebendig fangen!

Plötzlich spürte Lisa, wie eine seltsame Hand ihr Handgelenk verdrehte und sie die Waffe fallen ließ.

Sieben Partisanen fielen über sie her.

„Hexe! Du wirst nicht mehr entkommen!

Seine Hände waren auf dem Rücken gefesselt.

Ein Comitatji schlug sie.

„Sie haben einen Kameraden getötet! Verdammt nochmal!

Lisa hatte Angst.

Sie hatten ihm ins Gesicht gespuckt.

Zum ersten Mal erkannte er, was es bedeutete. Diese Worte der Verachtung, diese Demütigungen ließen seinen Stolz schnell in den Schatten stellen.

Jetzt fühlte sie sich nicht einmal als Frau, die starke und tödliche Frau, die Männer in den Tod trieb und die Spionagedienste der kriegführenden Länder bestritten.

Als Strafverlies war in Agaesti ein Keller eingerichtet worden. Unten war die Feuchtigkeit so intensiv, dass sich Moos auf den Steinen der Mauern bildete. Vergittert, das einzige winzige Fenster, war dieser stinkende Ort in tiefe Dunkelheit getaucht.

Lisa Borgsen wurde allein gelassen. Seine Kleidung verhinderte kaum die Kälte. Seine Wärter hatten ihm den Mantel abgenommen und ihm dann als Symbol seines Verrats durch den Eintritt in die Nazis seine langen Haare abgeschnitten.

So vergingen drei Stunden.

Dann ließ der Wärter jemanden herein.

Die Gestalt eines großen, dünnen Mannes tauchte in der Tür auf. Dann quietschte die Tür erneut, als sie sich schloss.

Lisa beobachtete, wie sich das seltsame Individuum langsam näherte ...

„Darf ich ein paar Minuten mit Ihnen sprechen?

"Wer bist du?

„Ich werde dafür verantwortlich sein, sie vor Gericht zu verteidigen.

„Mich verteidigen? Wird mich jemand verteidigen?

„So ist es. Wir Comitatjis wollen es gut machen. Wir befinden uns nicht mehr im Ersten Europäischen Krieg. Sie werden sie mit allen Ehren hinrichten. Oh! Sie haben genug Anklagepunkte, um Sie unverzüglich erschießen zu lassen, aber wir werden einmal in unserem Leben gewissenhaft sein ... Sonst ... Was würden unsere Freunde, die Engländer und die Russen, sagen?

„Ich verstehe ... Und wie willst du mich verteidigen?

"Ich weiß es noch nicht. Ich bin Jurastudent. Bulgarisches Recht natürlich ...

"Natürlich.

„Deshalb ignoriere ich die Gesetze, die hier gültig sind und solche, die nicht gelten ... Sie müssen dem gesunden Menschenverstand folgen.

"Gesunder Menschenverstand?

"Das ist.

„Dann kannst du wenig für mich tun ...

„Das stimmt, wirklich. Du hast einen unserer Posten ermordet und unseren Feinden Bericht erstattet. Hässlicher kann die Sache nicht sein. Er muss nur Hitler heiraten!

„Seine Witze sind nicht im Geringsten lustig. Haben Sie den Sender gefunden?

Lisas Stimme zitterte. Ich hatte Angst vor dem Gedanken, zu hängen ...

„Natürlich. Sie haben sein Zimmer Zentimeter für Zentimeter durchsucht.

„Also, ich schlage vor, Sie gehen weg und lassen mich in Ruhe. Er kann nichts für mich tun...

„Ich werde es trotz allem versuchen. Ich werde mir etwas einfallen lassen.

Der seltsame Kerl kam aus dem Kerker. Wieder wurde die junge Frau allein im Dunkeln gelassen. Die Hände vor dem Gesicht gefaltet, schluchzte sie lange ...

„Ich will nicht sterben! Ich will nicht!

Draußen stritten sich die Partisanen, geblendet von Hass, ob es besser sei, sie am Hals oder an den Füßen aufzuhängen und sie in dieser Position mit Maschinengewehren zu beschießen.

Wirklich ... Wer konnte wissen, was tatsächlich passieren würde?

***

Otto Oberq entkorkte eine Flasche Dukat Erzeugnis und füllte ein Glas. Dann beobachtete der blonde Deutsche seine fünf Gefangenen, die mit auf dem Rücken gefesselten Händen in einer Ecke standen. Alles dunkel! Lateinische Fraktionen, türkische Fraktionen, serbische und jüdische Funktionen ... Ah! Schweine!

Unterlegene Rassen! Nur er, ein Arier ... gehörte der überlegenen Rasse an. Seine Eigenschaften waren perfekt! Die echte, die echte weiße Rasse! Die anderen waren Exemplare einer entarteten Rasse!

„Ein Drink, Freunde? Ah! Es ist ein zu delikater Schnaps für deine dreckigen Kehlen!

Der Deutsche nippte an der Flüssigkeit. Es wurde ihm ausdrücklich von einem bayerischen Kaufmann zugesandt ...

"Ja. Es kann wahr sein..." fuhr er fort: Die Dokumente müssen zweifelsohne im Lastwagen gebrannt haben... Stimmt das nicht?

Der Deutsche schlug einem der Partisanen ins Gesicht. Aus der Adlernase des Guerillas begann Blut zu fließen und die zähflüssige Flüssigkeit überflutete den Bart des Gefangenen ...

Als er das sah, rief Julian Nosdrev:

„Lass sie! Ich bin der Kopf der Gruppe!

Otto Oberq sah denjenigen überrascht an, der gesprochen hatte. Ah! Er war wirklich ein tapferer Kerl...

Er packte Julian am Hemd, bis sein Gesicht rot wurde ...

„Du bist also verantwortlich?

"So ist es.

"Wie heißen Sie?

„Nosdrev! Julian Nosdrev!

"Beim Teufel! Dein Name kommt mir bekannt vor... Du musst ein gutes Stück sein... Richtig?

"Überlass sie ihnen ... Lass meine Männer los und wir werden ruhig reden ... Sie wissen nichts ...

„Umso schlimmer! Sergeant!

"Sagen Sie Herr ...

Ein ungarischer Offizier hatte die Hand zu den Fersen erhoben. Otto Oberq beobachtete ihn einen Moment ...

„«Erfüllen die ornung! Schnell! "

Mit einem neuen Klick ging der Beamte weg.

Sekunden später traten mehrere Soldaten ein, lösten alle Gefangenen außer Julian und nahmen sie mit.

Otto starrte Nosdrev an.

„Nun! Können wir jetzt ruhig sprechen?

„Was machst du mit meinen Männern?

"Ah! Mach dir keine Sorgen ... ich werde dich befreien!

„Was zum Teufel haben Sie diesem Offizier befohlen?

„Wie? Verstehst du kein Deutsch? Ich dachte, du wärst schlauer. Allein dafür hast du es schon verdient, erschossen zu werden ...

Der Nazi ging zum Tisch und goss sich noch einen Drink ein.

Dann ging er wieder auf Julian zu.

„Nun, Freund ... Was hast du mir über die Dokumente erzählt?

„Es war ein Geheimbericht, der für die griechischen Widerstandstruppen bestimmt war ...

„Du hast seinen Inhalt gekannt ... Sprich!

Das in diesen Momenten zu hörende Maschinengewehrgeklapper unterbrach beide Gesprächspartner.

Erschrocken weigerte sich Julian, seinen Vorstellungen zu glauben.

"Was war das?

Otto Oberq lächelte:

"Nichts mach dir keine Sorgen...

"Nichts?

Julian biss die Kiefer zusammen. Seine Hände zerrissen die Seile, die ihn gefangen hielten ... Er verletzte sich an den Handgelenken ... Er funkelte den Deutschen an und seine Augen waren voller Tränen und Blut.

„Verdammt! Du hast sie töten lassen!

„Und was hast du erwartet?

„Damit haben Sie nichts gewonnen.

„Ich habe den Befehl, sie auszuführen. Sie sind Feinde des Königs und der Achsenländer. Spione, Partisanen, Banditen!

„Du vergisst, dass ich ein Teil von ihnen bin ...

Der Nazi lächelte zynisch. Er sah den Partisanen an.

„Armer Kerl!

„Nicht so viel, wie Sie sich vorstellen!

"Was meinen Sie?

„Diese Dokumente existieren nicht und haben es nie gegeben.

„Du lügst! Und ich kümmere mich darum, dass du gestehen musst ... Kennst du die Badewanne? Niemand weigert sich zu sprechen, nachdem er sie ausprobiert hat.

"Was sagst du?

„Ich werde dich in eine geschlossene Wanne mit Geländer eintauchen. Dann werde ich das Wasser nach und nach erhitzen ... Du wirst deine Zunge loslassen!

„Ich kann Ihnen nicht sagen, was ich nicht weiß. Hören Sie sich jetzt die Wahrheit an ... Es war alles eine Falle. Wir brauchten Beweise gegen Lisa Borgsen ... Wenn sie die Falschmeldung übermittelte, war ihre Schuld aufgedeckt ...

„Lisa Borgsen?

Otto Oberq begann zu verstehen. Dieser Mann hat nicht gelogen.

"In der Tat. Zweifellos ist sie zu diesem Zeitpunkt bereits festgenommen worden. Sie werden sie verhören, sie werden sie austrocknen ... und nicht darauf vertrauen, dass Roustchouck sie zum Schweigen bringt. Dieser Verräter ist tot ...

Der Deutsche ging nervös von einer Seite des Raumes zur anderen. Es waren zu viele Daten. Zu viele Details.

Julian fuhr fort.

„Ihre Organisation wird scheitern, wenn sie spricht. Alle Details des Nazi-Geheimdienstes in Bulgarien werden bekannt sein. Namen und Daten gehen in die Hände der alliierten Spionageabwehr ...

„Wir werden Ihnen auch Geheimnisse entlocken!

"Für mich? Seien Sie nicht naiv. Ich bin auf dem Balkan, um zu kämpfen, nicht um Spion zu spielen ... Ich werde Ihnen einen Vorschlag machen ...

„Ein Vorschlag? Du zu mir?

„So ist es. Ich schlage einen Handel vor.

„Welcher Handel?

„Lisa Borgsen gegen mich.

„Und werden Ihre Landsleute akzeptieren?

„Wenn man es versucht, geht nichts verloren.

Otto Oberq verließ höchst verärgert mit vor Wut zitternder Stimme den Raum.

Julian Nosdrev spielte die letzte Karte, um sein Leben zu retten.

Würden ihre Gefährten akzeptieren?

Zweifellos würde dieser Austausch innerhalb von vierundzwanzig Stunden erfolgen ...

Es blieb nur zu warten...

12

Der Austausch fand zwölf Stunden nach Nosdrevs Befragung statt. Sobald Otto Oberq von den Geschehnissen in Agaesti erfuhr, beeilte er sich, mit den Partisanenführern die Bedingungen für den Wandel zu besprechen.

Das Treffen musste in einem Ort stattfinden, der logischerweise Niemandsland genannt werden konnte ...

Es war ein Ort auf dem Balkan, ein Plateau, das durch eine enge Schlucht erreicht wurde, ein Ort, der sonst ideal für einen Hinterhalt gewesen wäre.

Und dieser Ort hatte Geschichte. Ein Jahrhundert zuvor, während des Unabhängigkeitskrieges, hatten die Russen die Türken überfallen, die ihren Sieg in diesem Sektor entschieden.

Es war die vereinbarte Zeit.

Ein Auto kam, ein Panzerwagen für bergiges Gelände, voller Hakenkreuze und besetzt von einer deutschen Patrouille ...

Julian Nosdrev wurde aus dem Fahrzeug entfernt.

Otto Oberq rauchte nervös eine Zigarette.

„Nun, Nosdrev... deine Freunde sind noch nicht angekommen?

„Wenn sie dir dein Wort gegeben haben, werden sie kommen, täusche dich nicht darin ...

Der Deutsche sah sich um.

Auf dieser spindelförmigen Ebene flankierten hohe Berge steinigen Boden voller dorniger Gräser und sandiger Büsche.

"Eine Zigarette?

"Warum nicht?

Julians Hände waren mit Metallhandschellen gefesselt. Daraufhin steckte sich der Nazi eine Zigarette zwischen die Lippen und zündete sie an.

Der Partisan sah ihn an.

„Warum ist er so nett zu mir?

„Was soll ich sonst tun? Ihn zu treten bereitet mir nicht mehr die geringste Freude.

„Lass es mich bezweifeln, mein Feind ‚Herr' ...

Der Nazi lächelte.

"Sag mir ... Warum bringst du dich um, wenn du gegen uns kämpfst? Was passiert? Haben wir ihm persönlich etwas angetan? Du wirst mich nicht glauben machen, dass du ein bloßer Idealist bist ...

„Und was wäre daran seltsam?

„Ich weiß es nicht. Du bist nett zu mir, ein netter Feind, wenn es den gibt. Verstehst du? Ich glaube, du bist hier, um dich auf Kosten des Krieges zu bereichern ... Wie viel Beute hast du schon angehäuft?

Auch wenn ich dich vielleicht vermisse und enttäusche, bin ich hier, um die Nazis zu besiegen ... Was du gesagt hast ...

Idealismus pur!

„Gibt es das wirklich?

„Existiert.

Und gibt es so naive Leute? Am Ende des Krieges ... wer wird sich an dich erinnern und wie viel hast du getan? Ihre eigenen Kinder werden es vergessen, selbst wenn Sie es tausendmal erzählen ... Geschichten von Idealisten! Es ist das Absurdste, was ich je gehört habe, und ich werde Ihnen einen Rat geben. Mach es wie ich und wie Lisa Borgsen. Wenn der Krieg vorbei ist, werden wir reich sein. Nicht umsonst haben wir mit dem Wahnsinn der Menschen gehandelt. Gute Beute! Das ist für etwas Positives kämpfen ... Verstehst du?

"Ja...

"Und gut?

"Du tust mir leid.

Das Gespräch wurde unterbrochen. Ein Jeep war gerade angekommen. Auf der Lokomotive hatte es Initialen: "FLB", oder Bulgarische Befreiungsstreitkräfte, eine kleine Gruppe von Idealisten, die als anonyme Ansammlung der rumänischen und serbischen Guerilla-Banden in die Geschichte eingehen sollten.

Mehrere Partisanen stiegen aus, die Gewehre für jede Überraschung bereit.

Lisa Borgsen war dabei.

Ich war blass, abgemagert...

Die beiden Gruppen befanden sich in einem Abstand von etwa hundert Metern.

Es gab keinen Raum für Betrug oder Täuschung.

Einer der Partisanen hob ein Megaphon an den Mund und rief:

„Achtung! Nazis! Hörst du mich?

Sag was auch immer!

"Okay ... Wir werden die Gefangenen beide gleichzeitig freilassen und sie werden in ihre jeweiligen Lager vorrücken ... Okay?"

"Sehr gut! antwortete Otto Oberq. Mach weiter!

Auf jeder Seite starteten Julian Nosdrev und Lisa Borgsen in die entgegengesetzte Richtung.

Beide Gruppen betrachteten sich mit Misstrauen.

Als die beiden jungen Männer nahe waren und sich kreuzten, blieben sie stehen. Sie mussten ein paar Worte wechseln ...

„Lisa!

"Julianisch!

„Weil du es getan hast? Warum hast du mich betrogen?

"Hör nicht auf mich. War verrückt...

"Und du hast mich verraten...

„Du weißt nicht, wie sehr ich es danach bereut habe. In einem Kerker, in Agaesti, hatte ich Zeit zum Meditieren ... Ich wurde vom Materialismus geleitet, ich habe mich in die Netze der Spionage verstrickt und jetzt sehe ich, dass das einzige, was ich erreicht habe, darin besteht, mein Glück zu zerstören.

„Und alles, was du mir in meiner Studienzeit versprochen hast? Die Liebe, die du mir geschworen hast? Unsere Projekte, unsere Hoffnungen ... War alles falsch?

"Nicht alles ... ich habe meine eigene Lüge geglaubt ...

"Ich habe dich geliebt...

"Und ich denke auch...

„Wir werden uns wiedersehen ... Richtig?

"Wer weiß. Dieser Krieg wird lang sein ... Was nützt es, wenn wir uns wiedersehen?

"Ja. Du hast Recht ... wir können die Vergangenheit niemals auslöschen ...

"Auf Wiedersehen...

"Glücklich!

Die Gefangenen gingen weiter.

Auf beiden Seiten war schon ein kleiner Weg.

Die Mission war beendet. Lisa Borgsen wechselte ein paar Worte mit Otto Oberq und stieg ins Fahrzeug...

Julian Nosdrev seufzte, als er sich wieder unter seinen Kameraden befand ...

„Sind Sie gefoltert worden, Boss?

„Sie haben es nicht geschafft.

„Ich bin froh... Sie werden ihren Anteil bekommen.

"Was meinen Sie?

Der Partisan lächelte.

"Siehst du ... Da zwischen diesen Felsen ist einer von uns mit einem Zünder ... Bewusst wurde eine starke Sprengladung auf die Straße gelegt ...

Julian Nosdrev, überrascht von dieser Nachricht, rief aus:

„Arme Lisa!

Das Nazi-Fahrzeug drehte und beschleunigte den Marsch. Die Reißverschlüsse glitten und wirbelten den Staub von dem gewundenen Pfad auf.

Einer der Partisanen sah auf seine Uhr.

„Fast da! Du bist bald am richtigen Ort!

Plötzlich ertönte die Explosion.

Unter der schwarzen Rauchfahne blieben nur Schrott und verdrehtes Eisen zurück.

Nosdrev starrte den Ort an und dachte, dass der Krieg, dieser Krieg, der die Welt von Europa bis Asien verwüsten musste, gerade erst begonnen hatte.

Dann murmelte er wie in einem Gebet:

„Möge Gott ihr vergeben haben!

Der "Jeep" der Partisanen fuhr los, bis er sich auf der engen und kurvenreichen Straße des Balkans, dem Nest und der Höhle der ewigen und legendären Comitatjis, verirrte.

ENDE